— 書き下ろし長編官能小説 —

南国ハーレムパラダイス

河里一伸

JN052524

竹書房ラブロマン文庫

目次

この作品は、竹書房ラブロマン文庫のために
書き下ろされたものです。

プロローグ

「うおっ。まだ陽射しがキツイ……」

七月半ば、大きなボストンバッグを担いで路線バスから降りた浦野智紀《うらのともき》は、真夏の沖縄の太陽を浴びるなり、思わずそう独りごちていた。

バスを乗り換えるときにも、少しだけ日に当たったが、ここは海岸が近いせいか、陽射しがいっそう強烈に思えてならない。

十五時半を過ぎているというのに、晴天の下《もと》で照りつける沖縄の陽光の強さは、智紀が予想していた以上だった。この時間でこれほどということは、正午あたりはもっと紫外線が強いのだろう、と容易に想像がつく。

もっとも、沖縄の暑さは純粋に日光によってもたらされている印象だ。真夏の東京は、空気そのものが熱くまとわりついてくるような蒸し暑さなので、暑さの質がまったく異なる。現在の気温は、おそらくまだ三十度を超えているはずだが、空気はカラッとしていて不快指数はそれほど高くないように感じられる。

とはいえ、これだけ陽射しが強烈だと、肌が弱い人間はたちまち日焼けしてしまうだろう。実際、智紀は決して肌が弱いわけではないが、半袖のポロシャツから露出している腕に、太陽光が突き刺してくるような痛みを感じている。

「こりゃあ、日焼け止めと帽子を持ってきていなかったら、大変なことになっていたかも。義姉《ねえ》さんのアドバイスに従って、ちゃんと用意しておいて正解だったな」

そう口にして、智紀はボストンバッグから日焼け止めを取り出した。そして、顔と両腕にしっかり塗ってから帽子を被《かぶ》り、バッグを担ぎ直して歩きだす。

智紀がやって来たのは、那覇《なは》空港から乗り換えを含めて路線バスで一時間ほどの、沖縄県中部にある大きめの海水浴場だった。

海のほうを見ると、所狭しとビーチパラソルが並び、白い砂浜で遊んだり、海に入ったりしている水着姿の海水浴客が目に入る。

既に気付いていたことだが、沖縄の海の色はコバルトブルーとエメラルドグリーンが入り混じっており、本州のそれとは一線を画《かく》す美しさである。

その深く神秘的な色合いの海を見ていると、元水泳選手の血が騒いで一泳ぎしたくなってしまう。

智紀は、自分の実力に見切りを付けて、高校三年生の大会を最後に選手としては引退していた。それでも、今でも気が向いたときにプールで泳ぐなど、水泳自体は趣味で続けている。この美しい海で泳いだら、どれだけ気持ちいいだろうか？

「つと、僕がここまで来たのは、泳ぐためじゃないんだ。今は我慢、我慢」

そう思い直した智紀は、再び歩きだして、海水浴場に沿って舗装されている道をひたすら進んだ。

智紀が沖縄へ来たのは、兄嫁の浦野円香《まどか》にヘルプを求められたからである。兄の浦野孝幸《たかゆき》は智紀より十歳上で、大学卒業後に沖縄に移住した。そして、四年前に二歳下の円香と結婚し、二年ほど前に合同会社「浦野観光」を立ち上げた。

ところが、孝幸は会社を設立して間もなく、交通事故に巻き込まれて命を落としてしまったのである。

円香は、夫が遺《のこ》した会社を守るため懸命に働いた。だが、本来は予定していたダイビング関係の案内が孝幸の死によってできなくなって、今は普通の観光案内しか扱っていない。しかし、それだけでは特にダイビングや海水浴目当ての客が増える夏場は、どうしても売り上げが伸び悩む。

亡夫の保険金や口コミ評価のおかげで、現時点では資金的に大きな問題はないものの、先を見据えればこのままというわけにはいくまい。

そこで、今年の夏は思い切って観光業を休み、海の家を出すことにしたのである。

ただ、円香の妹と友人が手伝ってくれるものの、観光シーズン真っ盛りの沖縄の海で、たった三人の女性がフル稼働で働き続けるのは大変だ。かと言って、海の家をやるのが初めてという円香が、ノウハウもない状態でまるっきり部外者のアルバイトを雇うのも難しい。それに、なるべく面識があって信用できる男性に来て欲しい。

そうした諸々《もろもろ》の条件に合致したのが、孝幸の弟である智紀だった。

もっとも、智紀としても未亡人となった義姉の手助けをしたい気持ちがあったので、ヘルプ要請は好都合と言えた。しかも、アルバイト代が出る上に、亡き兄が買った家に泊めてもらえるため宿泊費と食費も不要、というのである。

また、海が目の前なので終業後に一泳ぎすることもできる。これも、水泳が趣味の人間としては大きなメリットに思えた。

そうしたこともあって、智紀は大学が夏休みに入ってすぐ沖縄へとやって来たのである。

炎天下をしばらく歩くと、海岸沿いに海の家や売店が建ち並んでいるエリアが見えてきた。

「えっと……確か、『海の家エメラルド・オーシャン』だったよな？　エメラルド、エメラルド……」

　と探すと、間もなく「海の家エメラルド・オーシャン」と書かれた看板が掲げられ、青い布地に白い文字で「特製沖縄焼きそば」と書かれた幟《のぼり》が店頭でたなびく、ややこぢんまりした店舗《てんぽ》が目に飛び込んできた。

　コンクリート打ちっぱなしの古ぼけた建物は、他の店よりややこぢんまりしているように見える。ただ、智紀がいる南側からは、換気扇の排気ダクトが突き出た壁と数人の列ができているテイクアウト窓口しか見えないため、実際の広さはよく分からない。おそらく、海に面した西向きにイートインスペースがあるのだろう。

　テイクアウト窓口で、にこやかに接客しているのは、背中まであるストレートの黒髪が印象的な、やや彫りが深くて穏やかそうな顔立ちの美女だった。智紀の位置からは上半身しか見えないが、女性が白地の半袖Tシャツを着用しているのは分かる。

　彼女こそが、亡き兄の妻・浦野円香である。

　観光業という仕事柄、円香は年末年始も働いていて上京しなかった。一月の下旬に一泊二日で東京へ来たそうだが、智紀は大学があって会うことができなかった。そのため、彼女の顔をじかに見るのは昨秋の兄の一周忌以来になる。

（あれだけラフな格好の義姉さんを見たのは初めてだけど、やっぱり美人だなぁ）

ついそんなことを思って見とれていると、客が途切れたタイミングで円香がこちらに気付いた。

「あら、智紀くん？　はいたい《こんにちは》。久しぶりねぇ？」

と、彼女が嬉しそうに手を振る。

「ど、どうも。お久しぶりっす」

見とれていたことを悟られないように、平静を装いながら智紀は兄嫁に近づいた。

「来てくれてありがとう。空港から、ちょっと遠かったでしょう？　わざわざ東京から来てもらったのに、迎えに行けなくてごめんなさい」

「いや、それは別に……人手が足りないから呼ばれたんですし。僕を迎えるために店を休みにしたり、義姉さんが抜けてパンクしたりしたら、本末転倒じゃないっすか？」

「そうなんだけど、昨日が定休日だったのに、今日来てもらっちゃったし。それに、仕事場になる海の家とか、わたしたちの仕事も先に見ておいて欲しくて、空港からこっちに来てもらったから。暑かったでしょう？　早く屋根の下で休《やす》んでって。ちょうどいい時間だから、お店も休憩にして香奈子《かなこ》と美穂《みほ》にも紹介するさー」

そう言われて、智紀はボストンバッグを持ったまま、海に面した屋根のあるイートインスペースに入った。

湿度が低いおかげで、日陰に入っただけで体感温度が下がってホッとできる。

イートインスペースは床が板張りで、二十畳ほどの面積に対して客席数は二人掛けの丸テーブルで十席しかない。おそらく、今は一人でも切り盛りできるようにしているのだろう。もっとも、そのぶんゆったりした雰囲気で、居心地がなかなかよさそうだ。

ちなみに、既におやつの時間も過ぎているからか、席にいるのはプラカップのビールを飲みながら談笑している男女のカップルが一組だけである。

その客に、上は円香と同じ白い無地の半袖Tシャツに、腰に膝下まで隠れるカラフルなパレオを巻き付けた美女が料理を運んでいく。

女性は長めの髪をポニーテールにしており、兄嫁と顔立ちがどことなく似ているものの、やや吊り目なぶん快活そうに見える。

孝幸の結婚式、葬儀と一周忌といった節目に顔を合わせているので、彼女のことは智紀も知っていた。円香の妹・比嘉《ひが》香奈子である。

香奈子は、智紀より二歳上の大学四年生で、聞いた話では那覇市内の企業に内々定をもらっているそうだ。三年生までは、那覇のアパートで一人暮らしをしていたが、今はゼミ以外の授業がほとんどないため、姉の家に下宿同然で寝泊まりし、夏休み以外も浦野観光の仕事を手伝っているらしい。

観光会社を一人で運営し続けるのは非常に難しいはずなので、円香にとっても妹の手伝いは助かっていることだろう。

「特製沖縄焼きそば、お待たせしました。うさがみそーり《お召し上がりください》」

香奈子は、そう言いながらビールを飲んでいる二人客のテーブルに、焼きそばの皿を置いた。

それから、出入り口に立っている人間に気付いたらしく、こちらに目を向ける。

「めんそーれ《いらっしゃい》！　って、智紀!?　あいっ！　な、なー《もう》そんな時間だったんだ？」

と、ポニーテール美女が目を丸くして、やや動揺した様子を見せる。

沖縄で「あいっ」は、標準語の「あっ！」や「あれっ？」といった感嘆詞のように使われることが多い。どうやら、智紀が来ることは事前に知っていたものの、時間を忘れていたらしい。

「えっと……お久しぶりっす、香奈子さん」

少しドギマギしながら、智紀は帽子を取りながらそう言って頭を下げた。

もちろん、彼女が二歳上の美女だからとか、下半身がパレオならTシャツの中も水着なのは間違いない、というのも動揺した理由としてはある。

しかし、最も大きな理由は、智紀がとにかく女性慣れしていないことにあった。

兄嫁である円香と話すときですら、未だになんとなく緊張してしまうのに、香奈子とはたまに会ったときにもあまり会話をしていないのだ。そんな相手と話すのに、義姉よりも緊張を覚えるのは、仕方がないことではないだろうか？

「えっと……うん。み、みーどぅさん。久《し》しぶり《ぶり》……はいたい《こんにちは》」

香奈子のほうも、やや狼狽《うろた》えながらそう応じる。ただ、客相手のときとは打って変わって、なぜか言葉にあまり力が感じられない。

（ん？　なんだ、この態度？　僕、香奈子さんになんにもしてないのに。っていうか、話したことも数えるほどしかないからな）

彼女とはこれまで、挨拶とほんの少しだけ話をした記憶しかなかった。それも、緊張しながらも無難に済ませたので、少なくとも敬遠されるようなことは何もしていないはずである。

「あら？　香奈子ったら何をしているの？　智紀くん、ふぇーく《早く》……あ、早く空いている席に座って」

微妙な雰囲気の中、二人して立ち尽くしていると、テイクアウトの窓口からこちらに出てきた円香がそう声をかけてきた。

そこで彼女の全身を見た智紀は、思わず目を見開いていた。

香奈子がそうなのだから、当然と言えば当然なのだが、義姉も腰に妹と色違いのパレオを巻いた格好だったのである。つまり、水着を着用しているのは間違いあるまい。

炎天下で仕事をしているのだから、ラフなTシャツ姿なのは理解できる。だが、まさか二人ともシャツの下が水着とは思いもよらなかったことだ。

「智紀くん、どうかした？」

「あっ……いえ、その……お邪魔します」

円香に声をかけられ、ようやく我に返った智紀は客がいるテーブルから離れた席に向かい、床にボストンバッグを置いて着席した。

椅子に腰を下ろすと、思わず「ふぅ」と吐息がこぼれ出る。飛行機やバスで移動している間も座っていたのだが、バス停からここまで炎天下で荷物を持って歩いてきたため、我知らず疲労していたのかもしれない。

そんな智紀を尻目に、円香がイートインの出入り口前に「CLOSED」と書かれた札をかける。

そうして、間もなく焼きそばを食べ終えたカップルが、「美味《おい》しかった。ごちそうさま」と満足そうに出て行くと、イートインには智紀たち以外の人がいなくなった。

「美穂も、ちょっとゆくり休憩《にし》ましょう。智紀くんに紹介するから、こっちに来て」

と、円香が厨房に向かって声をかける。

すると、カウンターの向こう側の厨房で作業をしていたエプロン姿の小柄な女性が、ようやく顔を上げた。そして、手を洗ってからエプロンを外し、Tシャツにビキニのパンツという格好のままこちらに出てくる。

「ふう。キミが智紀？　あたし、円香ねーねーとかーなーの幼馴染みで、厨房担当の新里《しんざと》美穂。よろしく」

額の汗を拭《ぬぐ》いながら近づくなり、彼女はそう言って身体をかがめ、ズイッと顔を近づけてきた。

美穂は肌がやや浅黒く、髪が黒のショートボブで目が大きい、整った彫りの深い美貌の持ち主だった。また、底抜けに明るそうなやや中性的な顔立ちだけ見ると、二十歳の智紀と同い年か年下のようだ。しかし、事前に兄嫁から電話で聞いた話によると、香奈子より一歳上、つまり二十三歳だそうである。

なんでも、今はフリーターということで、孝幸の死後、美穂もときどき浦野観光の仕事を手伝ってくれているらしい。そのとき、彼女がまかないで作った沖縄焼きそばを食べた円香が、その美味しさに惚れ込んで海の家を出すことを決めた、という話だった。店頭の幟にも出すくらいだし、先ほどの客の感想からも、それがなかなかの逸品だということは想像がつく。

美穂は調理師免許を持っているらしいので、料理が得意なのは当然だろうが、自分より三歳上でそれだけの品を作れる実力は称賛に値する。ずっと続けていた水泳でも大した成績を残せず、他にこれと言った特技もない智紀から見ると、なんとも羨《うらや》ましい限りだ。

（いや、しかし……で、でかい）

智紀は、近づいた小柄な美女の顔よりも、その下に目を奪われていた。何しろ、彼女の胸のふくらみは、Tシャツ越しでも香奈子や円香を上回ると分かる大きさなのである。しかも今は前屈みになっているため、その存在感がいっそう増している。視線がそちらに向いてしまうのは、男としては当然の反応ではないだろうか？

おまけに、ただバストが大きいだけでなく、ウエストが細めでスタイルもいいのだから、初見で見とれるなというのは酷《こく》な気がする。

中性的な童顔と、百七十五センチある智紀より十五センチ以上は低そうな身長でありながらこの体つきというのは、少しミスマッチな印象を受けるが、同時に独特のエロティシズムがあるようにも思える。

「ふふっ、どうしたのかなぁ？」

こちらの視線がどこに注がれているか気付いていたらしく、美穂がからかうように問いかけてくる。

「あっ……ぼ、僕、浦野智紀っす。よろしくお願いします、新里さん」

智紀は、慌ててそう応じて頭を下げた。

「よろしくね。それにしても、『僕』に『新里さん』か。そういうのを聞くと、やっぱり智紀はないちゃーだって、しみじみ思うさー。やしが《だけど》、姓で呼ばれるのはなんだか変な感じだし、『美穂』って呼んでもらっていいかしら？『みーほー』でもいいけど？」

笑みを浮かべながら、美穂がそんなことを言う。

「ないちゃー」とは、沖縄県外の本土の人間を指す沖縄の方言である。沖縄県人は、自分たちのことを「うちなんちゅ」と呼ぶらしい。

また、爆乳美女の言葉の意味も、智紀は亡き兄から聞いて理解していた。

うちなんちゅの男性が使う一人称は、ほぼ「自分」「わん」「わー」「俺」だそうである。そのため、沖縄育ちの人間には「僕」を使う智紀が珍しく思えるのだろう。

付け加えると、沖縄では名を呼ぶとき、美穂なら「みーほー」、香奈子なら「かーなー」と言う具合に、二文字を伸ばして呼び捨てにすることが多いらしい。とはいえ、さすがに年上にそれは失礼な気がする。

それに、円香は孝幸との交際を機に名の呼び方をないちゃー基準に直した、という話だった。であれば、こちらも無理にうちなんちゅに合わせる必要はあるまい。

「そ、それにしても、皆さん水着にTシャツを着て働いているんすね？」

智紀は色々誤魔化すため、義姉のほうを向いてそう問いかけた。

「ええ。美穂の提案でね。この格好で接客するのは、わたしもちょっと恥ずかしかったんやしが《だけど》、これで人目を惹《ひ》けて売り上げがよくなるならね。それに、どうせ上はTシャツだし、パレオを巻けば……」

やや気まずそうに、円香がそう応じる。

「香奈子ぉは……じゃなくて、わたしはすごく恥ずかしかったやしが《けど》、ねーねーと美穂ねーねーが賛成したから、し、仕方なくこの格好で働いているだけなんだからっ。勘《かん》ちげーしないでよっ」

と、香奈子が聞いてもいないのに、横から言い訳するように智紀に向かって言った。

ちなみに、沖縄では女性が一人称で自分の名を口にするのも珍しくないらしい。ただ、香奈子は来年から社会人になるし、今もないちゃーが主な客の会社で働いているのだから、職場での一人称は「わたし」を使うべきだ、と考えているのだろう。だが、「お姉ちゃん」を意味する「ねーねー」が、うちなーぐち（沖縄弁）のままなのは、周りに姉や幼馴染みなど近しい者しかいないからだろうか。

円香が、「めんそーれ」「はいたい（男性は『はいさい』）」といったメジャーなうちなーぐち（沖縄弁）以外はあまり使わないのも、客の大半がないちゃーだからなのは間違いあるまい。

「ええと、一応は水着を持ってきているんすけど、僕もTシャツに水着って格好で働くんすか？」

「ええ、そうよ」

こちらの問いかけに、義姉がにこやかに頷《うなず》く。

(やっぱり。やれやれ、サーフパンツを買っておいてよかった。競泳用の水着だったら、さすがにデザイン的に店には出られないもんな)

智紀はそんなことを思って、心の中で胸を撫で下ろしていた。

「はぁ。それにしても、厨房に扇風機を置いていてもずっと火の近くにいたからシャツが汗でグッショリさー」

いきなりそう言って、美穂がTシャツに手をかけて脱ぎだした。

なんとなく想像がついていたことだが、この爆乳美女は男に水着姿を晒すことに対する抵抗感を、まったく抱いていないらしい。それだけに、智紀から見ると大胆な行動も平気でできるようだ。

ただ、下が水着だと分かっていても、女性がTシャツを脱ぐ姿を目《ま》の当たりにすると、自然に心臓が飛び跳ねてしまう。

そして、黒いホルターネックのビキニトップに包まれた大きなふくらみが、タユンと音を立てんばかりに大きく揺れながら露《あら》わになった。

(うわっ。や、やっぱりでかい……)

智紀は、美穂の爆乳に再び目を奪われていた。

Tシャツ越しでも充分に分かっていたつもりだったが、こうして実際に見るとウエストの細さも相まって、バストがいっそう引き立って見える。しかも、彼女はパレオを着用していないので、そのスタイルのよさが一目瞭然となる。

もちろん、智紀は元水泳選手だったので、単に「水着」というだけなら女子選手のものを何度となく目にしていた。が、ビキニほど肌の露出が多い水着は、やはり競泳水着とは別物に思えてならない。

　それに、美穂は顔や腕こそ浅黒いものの、日頃から露出がほぼない腹回りは色が意外なくらい白かった。そのコントラストのギャップも、予想外の色気を醸《かも》し出している気がした。

　ましてや、智紀はここまで二十年の人生で、異性と交際した経験がまったくなく、風俗経験もない真性童貞なのだ。これほど間近で水着の巨乳美女を見て、平静でいられるはずがない。

「なーっ！　美穂ねーねー、そんな格好をして智紀をわちゃくって《からかって》！　智紀も、美穂ねーねーのちぃー《巨》まぎー《乳》びかー見ちょるんやあらんさー《ばっかり見てるんじゃないわよ》！」

　香奈子が目を吊り上げ、声を荒らげてまくしたてた。

　ここまで、彼女も標準語に近い言葉遣いをしていたが、どうやら感情が昂《たかぶ》ると思い切りうちなーぐちが出てしまうようだ。

　亡き兄の話によると、那覇など都会に住む人々の言葉遣いは、今や標準語にかなり近くなっているそうだ。しかし、円香たちの実家はここからさらに車で北上した村である。そういうところで育った人間は、子供の頃からの癖があるため、しっかり意識していればともかく、ちょっとした弾みで方言が多く出てしまうらしい。

「あっと……その、すみません」

言葉の意味をすべて理解できたわけではないが、何を言われたかをなんとなく察した智紀は、思わず謝って美穂から視線を逸《そ》らした。とはいえ、ビキニに包まれたふくらみをこれだけ間近で目にしたことなどなかったので、若干の無念さは禁じ得ない。

「ふふっ。かーなーったらムキになって、どうしちゃったのかなぁ？」

美穂が、何やら意味深な笑みを浮かべながら言う。

「べ、別にムキになってないさー！　ふんっ」

香奈子が、頬を赤らめながら爆乳美女に反論してそっぽを向く。

「はぁ。今日からみんな一緒に暮らすのに、なんだか先が思いやられるさー」

円香が肩をすくめながら、少し困惑したように言った。

「えっ？　新ざ……美穂さんも一緒？」

義姉の言葉に、智紀は思わずそう聞き返していた。

香奈子が同居しているのは、既に分かっていたことである。しかし、美穂まで一緒とは聞かされていなかった。

「あてーめーさー。円香ねーねーの家は部屋が余っているんだし、同じところで働くんだから、一緒に暮らしたほうが楽なわけさー。それとも、円香ねーねーとかーなーと三人だけのほうがよかったの？」

と、水着姿の巨乳美女がからかうように言う。

「そ、そういう意味じゃ……」

智紀は、美穂の言葉に反論を口にしようとしながら、言葉に詰まっていた。

（義姉さんと香奈子さんと同居するってだけでも、実はドキドキしていたんだよな。それなのに、まさか美穂さんまでいるなんて……）

この短時間でも、爆乳美女の性格はなんとなく摑めた気がする。正直、一つ屋根の下で暮らしていたら、どれだけからかわれるか分かったものではない。

とはいえ、両手に花どころではない状況になることに、智紀は胸の高鳴りを抑《おさ》えられなかった。

第一章　淫乱美女のサンセット騎乗位

1

「めんそーれ！　智紀、お客様の案内ゆたしく《よろしく》！」

「はい！　めんそーれ。お客様、三名様ですか？　こちらへどうぞ！」

配膳中の香奈子に声をかけられた智紀は、急いで出入り口に向かい、立っていた客を席に案内する。

ちなみに、沖縄らしさを演出するため、ないちゃーの智紀もうちなーぐちを使っていた。もっとも、まだ働きだして三日目なので、「はいさい《こんにちは》」「めんそーれ《いらっしゃい》」くらいしか使えないのだが。

「かーなー、二番の沖縄そばと特製焼きそば、できたさー！　智紀、四番の特製焼きそば、二丁ゆたしく《よろしく》！」

「はい！　すぐ行きます！」

今度は美穂の指示を受け、智紀は急いでカウンターに向かった。

昼時のエメラルド・オーシャンのイートインスペースには、食事がてら涼を求める客がひっきりなしにやって来る。案の定と言うべきか、夏休み本番になった途端《とたん》、本土から海水浴客が続々と来訪したのだ。

それに、智紀が入って座席数を増やしたこともあるが、とにかく連日テイクアウトも含めて、目が回るような忙しさが続いている。

海の家で智紀が与えられた役割は、基本的に香奈子とイートインの接客をしつつ状況に応じて美穂や円香を補佐する、言わば雑用係だった。とはいえ、仕事の八割以上は接客に費やしている感があるのだが。

この三日間で、さすがに多少は仕事に慣れてきた。ただし、まだスムーズに行かないことも多く、なかなかに苦労が絶えない。

（それにしても、イートインでもテイクアウトでも、本当に焼きそばがよく出るな）

何しろ、エメラルド・オーシャンを訪れる客の大半が、店の売りである特製沖縄焼きそばを注文しているのだ。そして、イートインで焼きそばを食べた客が舌鼓《したつづみ》を打っている様子を見ると、これで勝負を仕掛けた円香の狙いが正しかった、と思わずにはいられない。

そんなことを考えている間に、香奈子が先に沖縄そばと沖縄焼きそばをトレイに乗せて運びだした。

そこで、智紀も四番の品を運ぶため彼女の横を通ると、すれ違いざま肩と肩が軽く触れ合う。

それだけで、女性慣れしていない智紀の心臓は大きく飛び跳ねた。

いくらTシャツとパレオを着用しているとはいえ、水着の美女とこれだけ接近すると、どうしてもまだ緊張を禁じ得ない。

もちろん、円香や美穂の手伝いをしているときも、ときどき手や肩が触れるので、そのたびに自然にドキドキしていた。特に、接客メインで働いているぶん、香奈子とは接触する機会が多かった。

それでも、多少なりとも女性慣れしていれば、この程度で動揺しないのかもしれない。しかし、智紀は今まで異性とほとんど無縁の生活をしていただけに、ちょっとした接触でもいちいち意識せずにはいられないのだ。

とはいえ、いつまでも余韻に浸《ひた》っているわけにはいかない。

智紀は気を取り直し、沖縄焼きそばをトレイに載せた。

（それにしても、女性客は多いけど逆ナンパはないなぁ）

料理を運びながら、智紀はそんな無念さを抱いて、心の中で肩を落としていた。

実のところ、智紀は海の家の手伝いを頼まれたとき、開放的になった女性客から声をかけられてのアバンチュール、というシチュエーションを夢見ていたのである。

だが、女性客の多くは隣に男がいた。さすがに、これでは逆ナンパなど期待できるはずもない。

それに、たとえ女性同士の客が来ても、のんびり話をする暇などなかった。とにかく、注文を取ったり配膳したり、客が席を立ったら消毒と掃除をして、手が空いたら厨房やテイクアウトの作業を手伝って、とやることが山積している。

元水泳部で、今でも趣味で水泳を続けているため体力の問題はないものの、ただでさえ真面目すぎて融通《ゆうづう》が利かない、と言われる性格である。複数の仕事を臨機応変にこなすだけで、精神的に疲弊してしまう。

加えて、案内や注文を取る程度ならともかく、こちらから女性客に声をかける度胸もないのだから、アバンチュールなど夢のまた夢だ。

むしろ、接客している香奈子や円香をナンパしようとする男性客を追い払うことのほうが、ここまで多かったくらいである。

何しろ二人ともちゅらかーぎー《美人》なので、口説こうとする男が毎日のようにいるのだ。そういう人間を牽制《けんせい》するのも、男の智紀に与えられた重要な役割だった。

もちろん、智紀自身は暴力など振るわない。ただ、元二百メートル自由形の選手で体格にもそこそこ恵まれているため、場に出るだけでナンパ男への威圧になる。

（それにしても、もしも美穂さんが接客の担当だったら、大変なことになっていた気がする。何しろ、あの顔立ちとオッパイだからなぁ）

そう思うと、童顔の爆乳美女の姿が、テイクアウト窓口やイートインの客席からほとんど見えないのは、幸いだったと言うべきかもしれない。

とにかく、このように円香と香奈子はモテモテだったものの、智紀が女性客から逆ナンパ目的で声をかけられることは、ここまで一度もなかった。

（残念だけど、現実はこんなもんだろう。だけど、せっかく沖縄に来ているのに、このまま何もなく夏が終わるのも寂しいよなぁ）

そんなことを思いながら、智紀は慌ただしく働き続けた。

普段、十七時を過ぎると多くのないちゃーはホテルに戻るため、エメラルド・オーシャンも頃合いを見て閉店となる。

ちなみに、一昨日と昨日、智紀は閉店後に海で一泳ぎさせてもらっていた。海の近くということもあり、元水泳部の血が騒いで泳がずにはいられなかったのである。

昼間に泳がなかったのは、仕事が忙しいという理由だけではなかった。

真夏の沖縄では、たとえビーチパラソルの影にいたとしても、海面や白い砂の照り返しだけで肌が焼けてしまう。直射日光でどうなるかは、言わずもがなだ。

そうしたことを知らず、沖縄の陽射しを甘く見ていた海水浴客が、日焼けを通り越した火傷《やけど》状態になって病院に担ぎ込まれるケースが、毎年発生しているらしい。

そんな注意を受けていたこともあり、智紀は終業後のわずかな時間だけ泳ぐことにしたのである。そして、智紀が泳いでいる間に、円香たちは店の奥にあるシャワーを軽く浴び、着替えをしている。

その後、泳ぎ終えた智紀が着替えると、四人で社用車のワンボックスカーに移動し、円香の運転で帰路に就く。これが、智紀が働くようになってからの行動パターンである。

当然、今日も仕事が終わったら、本当ならば一泳ぎさせてもらうつもりだった。

ところが、その日は午後の中休みに入った十五時半を過ぎた頃から空が灰色の雲に覆《おお》われ、間もなく大粒の雨が降りだしたのである。

もともと、夏の沖縄は天気が変わりやすく、しかも局地的なにわか雨が降ることも多い。だが、天気予報によるとこれは数時間程度は続く本降りの雨らしい。

そのせいもあり、海水浴客は潮が引くようにいなくなってしまった。

「はぁ。これは、なー店《もう》を開けていても無駄ね。どうせ、あと一時間半くらいで閉店だし、今日はもう閉めちゃいましょう」

スマートフォンで天気予報を確認した円香のその決断で、智紀たちは早々に店じまいして、掃除や片付けを始めた。

「そうだ。ねーねー、この時間なら、まだ車を取りに行けるんじゃない？」

少し経った頃、香奈子が掃除の手を止めて言った。

「だからよー。確かに、今から行けばお店の閉店時間には間に合いそうね」

と、円香も手を叩いて応じる。

ないちゃーの智紀には違和感のある言葉だが、うちなんちゅは「だからよー」を色々な意味でよく使う。今回の場合は、「そうだね」と言った意味合いだ。

実は、智紀が来る前の休みの日に、香奈子は実家から乗ってきた軽自動車を、車検に出していたらしい。海の家の終業時刻がいつもどおりだと、店の閉店時間に間に合わないため、次の定休日に取りに行くつもりだ、という話は聞いていた。

だが、今日は予定より早く閉店したので、どうやら取りに行けるらしい。

車社会の沖縄で、しかも村で暮らしていると、自動車の二台持ちも珍しくない。円香と香奈子の実家も例外ではなく、そのうちの一台をポニーテール美女が姉の家と実家の往復用にと、夏休みの間、使わせてもらっているそうだ。

「あっ。やしが《だけど》、お掃除がまだ……」

「じゃあ、あたしと智紀で掃除の続きをしておくから、円香ねーねーと香奈で車を取りに行けばいいさー」

兄嫁が躊躇《ちゅうちょ》の言葉を口にすると、美穂がすぐにそう言った。

円香の家に行き、車の預かり証を取ってから香奈子を車検の業者へ送るだけなら、一時間半もかからず海水浴場に戻ってこられるらしい。その間に、智紀と美穂が二人で海の家の掃除などを終わらせておけばすぐに帰ることができる。

「そうねぇ。智紀くんも、それでいい？」

円香からそう訊《き》かれて、智紀も異論はないため「はい」とすぐに了承する。

そうして、香奈子が車検業者に電話をかけ、少し話をしてスマートフォンを切った。

「なー《もう》点検は終わっているから、いつ行ってもいいって」

「それじゃあ、なるべくふぇーく《早く》戻ってくるから、あとはゆたしく《よろしく》。香奈子？　車まで走るわよ。りっかりっか《行きましょう》」

姉の言葉に、ポニーテール美女も「うん」と応じる。

そして、二人は免許証など必要最低限の荷物だけ手にすると、雨の中を外に出て駐車場へと走りだした。

（うわぁ。円香さんも香奈子さんも、躊躇しないで外に出たよ。本当に、沖縄の人は傘がなくても平気なんだなぁ）

彼女たちを見送って、智紀は半ば感心し、半ば驚いていた。

亡き兄から聞いたことはあったが、実際に見知った人間が傘をさすことなく平然と外に出たのを見ると、ないちゃーとの習慣の差を感じずにはいられない。

もっとも、二人ともTシャツの下に水着を着ていなかったら、さすがにあそこまで無防備に出たりしなかったかもしれないが。

ちなみに、智紀はずっと円香のことを「義姉さん」と呼んでいたが、彼女からの要望もあって呼び方を「円香さん」に切り替えていた。どうやら、「ねーねー」ならともかく「義姉さん」という呼び方には、ずっとこそばゆさを感じていたらしい。

かと言って、智紀も「ねーねー」呼びはしたくなかったので、「円香さん」に落ち着いたのである。

「さあ、智紀？　こっちも、片付けを終わらせちゃうさー」

美穂に声をかけられ、智紀は我に返って「はい」と応じると、掃除の続きを始めるのだった。

2

「片付けは、一通り終わったわね。智紀、うたいみそーちー」

姉妹が去って三十分ほど経ち、イートインスペースへの雨戸の設置からゴミのまとめまですべての作業を終えたところで、美穂がそう声をかけてきた。

「あっ。美穂さんこそ、お疲れさまっす」

と応じたものの、それ以上は上手《うま》く言葉が出てこないのが、我ながら情けない。

ここ数日、一緒に働いていていたし同居もしているので多少は慣れたつもりだったが、二人きりになると自然に緊張して、どうしても言葉数が少なくなってしまう。

(円香さんと香奈子さん、早く戻ってきてくれないかな？)

と智紀が思ったとき、狙い澄ましたように爆乳美女のバッグから電話の着信音が聞こえてきた。

美穂がバッグからスマートフォンを取り出し、画面を確認する。

「あら。円香ねーねーからだわ」

彼女が目を丸くしながらそう言って、通話ボタンをタップして電話に出た。

「はいたい《もしもし》、円香ねーねー？　……えっ？　じゅんに《本当に》？　……うん……うん、分かった……それまで、智紀と待っているから。智紀にも、伝えておくさー」

そうして電話を切ると、年上の爆乳美女が深刻そうな面持《おもも》ちでこちらを見た。

「ど、どうかしたんすか？」

「うん。円香ねーねーたち、家に行く途中で車がパンクしたんだって」

「えっ？　二人とも、大丈夫だったんすか？」

「事故にはならなかったって。ただ、円香ねーねーも香奈もパンクを直せないから業者を呼んだんやしが《だけど》、修理が終わって戻るまで早くても二時間くらいかかるらしいわ。もしかしたら、もっとかかるかもって」

「ありゃりゃ、そんなに……」

美穂の話を聞いた智紀は、姉妹が無事だったことに安堵しつつ、想定外の事態に呆《ぼう》然《ぜん》とせずにはいられなかった。

今から二時間というと、十九時半近くになるだろう。

だが、帰ろうにも兄嫁の家との往復に使っている社用車が、今まさにパンクしているのだ。せめて天気がよければ、バスかタクシーを使って先に帰れるのだろうが、何しろ円香と香奈子が出たときより雨が強まっているため、さすがにそれもしづらい。

そのため、智紀は彼女と最も奥まった位置にある客席に座って待つことにした。

（し、しかし、美穂さんと二人きりか……どうしよう？）

こういうとき、女性慣れしていれば適当な会話で間《ま》を繋ぐこともできるのだろうが、あいにく智紀にはそんな気の利いたことはできない。

すると、美穂のほうが先に口を開いた。

「智紀、こっちにはもう慣れた？」

「あっ……そ、そうっすね。と言っても、ほぼ円香さんの家とここの往復しかしてないっすから……」

彼女の問いかけに、智紀は緊張しながらそう応じていた。

実際、沖縄に来た当日はともかく、一昨日から今日までずっと海の家で働いていたのである。円香の家に戻っても、疲労から入浴や夕食を終えると早々に寝入っていた。

そうして、朝早く起きたら朝食と仕事の準備なのだから、慣れる慣れない以前の問題と言えるだろう。

「えっ、それもそうねぇ。それに、円香ねーねーの家からだと、休みの日にどこか遊びに行くとしても、車に乗せてもらうかバスに乗るしかないし。やっぱり、東京と比べたら不便に思うんじゃない？」

「まぁ、確《あぁ》かにそうっすけど……」

美穂にそう訊かれて、智紀は言葉を濁していた。

何しろ、「東京」と言っても智紀の家があるのは二十三区外で、しかも電車の駅からもやや遠いため、普段は自転車やバスを使って移動している。その意味では、円香の家と立地的には大差ない気がした。

「あたし、東京は高校の修学旅行で行ったきりなのよね。東京にはこだわらないけど、ないちゃーと結婚して沖縄から出て暮らしたいわけさー」

やや小柄な爆乳美女が、しみじみとした様子で言った。

どうやら、彼女は本土への憧れが強いようである。円香と比べても、沖縄弁の使用頻度《ひんど》が低めなのは、そういう意識と無関係とは言い切れまい。

「そ、そういえば美穂さんって、なんでレストランとかで働かないんすか？」

なんとなく、会話が途切れたところで、智紀はそう問《い》いかけていた。

せっかく、調理師免許を持っているのだから、資格を活かせるところで働いたほうがお金を稼げるのではないか、という疑問は常々抱いていたのである。

「実は、これでも那覇の専門学校を出たあと、那覇市内のレストランに勤めていたことがあるさー。やしが《だけど》、そこで料理長から酷いセクハラを受けてね。ほら、あたしって胸がこれだから」

そう言って、美穂が自分のふくらみを見た。

「な、なるほど……」

と、智紀もつい釣られて彼女のバストに目をやる。

「それで、抗議したら皿洗い以外の仕事をもらえなくなったから、頭にきて辞めたのさー。それから実家に戻って、お金が必要なとき短期で働いたりして、適当に暮らしていたわけ。やしが《だけど》、円香ねーねーの旦那さんが亡くなったって聞いて、かーなーほどじゃないけど力になってあげたいと思って、会社をたまに手伝っていたのさー」

童顔の爆乳美女が、肩をすくめてそこで言葉を切った。

そのときに、まかないとして沖縄焼きそばを振る舞ったのがキッカケで、海の家をやることになったらしい。

実際、智紀も美穂が作った沖縄焼きそばを食べさせてもらったが、義姉が惚れ込んだのも納得の美味しさだった。他の沖縄焼きそばの味を知っているわけではないが、海の家で出すだけなのが勿体《もったい》ないレベル、と言っても過言ではないだろう。

ただ、それ以上は話すことがなくなって、智紀は雨音がする外のほうに目をやった。

もちろん、雨戸を閉めたため外はまったく見えないのだが、美穂の豊満な胸をいったん凝視したせいか、適当に視線を逸らしていないと、そこに目が釘付けになってしまいそうになる。

胸といえば、厨房で働く美穂までもが水着を着用しているのは、火を使っていて扇風機を回していても暑い、という理由が大きいものの、自分の提案で円香と香奈子が水着を着ることになったので付き合っている、という面もあるようだ。

意外と、と言うと失礼かもしれないが、彼女はやや軽そうな見た目に反して義理堅いのかもしれない。

智紀が、そんなことを漫然と考えていたとき。

「……智紀って、童貞よね？」

と、美穂が唐突に尋ねてきた。

「ほえっ？　な、なんすか、いきなり？」

あまりに不躾《ぶしつけ》な質問に、智紀は素《す》っ頓狂《とんきょう》な声をあげて思わず彼女の顔を見る。

すると、爆乳美女は悪戯《いたずら》っ子のような笑みを浮かべながら、こちらを見つめていた。

「いや、ずっと気にしていたやし《んだけど》が、かーなーが近くにいないし、せっかくだから訊いてみたくなったわけさー」

どうして、そこで香奈子の名前が出てくるのか、という疑問はあったが、人前だからセクシャルな話題を避けていた、ということだろうか？

「その……ど、童貞っすけど何か？」

ややためらったものの、見栄《みえ》を張って嘘をつく気にもならず、智紀が半ば自棄《やけ》気味にそう応じると、

「だったら……ねえ？　ここであたしとエッチして、童貞を卒業しちゃわない？」

と、美穂が童顔に妖しい笑みを浮かべながら、想像もしていなかったことを言った。

「なっ、何を言っているんすか？　ここ、海の家っすよ？」

「分かっているって。やしが《だけど》、今は誰もいないし、雨戸を閉めて外から見られる心配もないし、雨で音や声も紛《まぎ》れるし、時間もあるし……ちょうどいいと思わない？」

「それは確かに……って、いやいや。さすがに、それは……ど、どうしちゃったんすか、美穂さん？」

あまりにも唐突な爆乳美女の言動に、智紀は戸惑いの声をあげていた。

「あたし、高校から就職していた頃まで、彼氏を欠いたことなかったのよ。だけど、

実家に戻ってからはずっといなくて、ホーミー……あ、セックスとご無沙汰でさ。もう二年になるかな？　田舎《いなか》は、誰と誰が付き合っているとかいう噂がすぐ広まるし、面倒でさー。それに、円香ねーねーの家じゃオナニーもできなくて、最近ずっとムラムラしていたの。特に、智紀が来てからは子宮の疼《うず》きが大きくなっちゃって、そろそろ我慢も限界かな、って思っていたところだったさー」

顔立ちに反する妖艶さでそう言うと、美穂は立ち上がってTシャツを脱ぎ、黒いホルターネックのビキニに包まれたバストを露わにした。

　それから、ビキニトップのバックストラップを外し、大きな乳房を覆っている布地を手で軽く押さえる。

「ほーら、智紀ぃ？　あたしのちー……オッパイ、好きにしていいのよぉ？　ただし、そうしたいんだったら、自分でこの手をどかさないとねぇ」

（ゴクッ。み、美穂さんのオッパイを……）

小柄な爆乳美女のからかうような言葉を受け、智紀は生唾《なまつば》を呑み込みながら、存在感たっぷりのふくらみを思わず凝視していた。

あの爆乳を自由にできるというのは、なんとも魅力的な話である。いや、それだけでなく彼女はセックスまで経験させてくれるつもりのようだ。

もちろん、仕事場である海の家で性行為に及ぶということに、後ろめたさはある。しかし、目の前でほぼ手ブラ状態の爆乳美女が「オッパイを好きにしていい」と誘っているのだ。これを拒める男が、果たしてどれだけいるだろうか？

ましてや、智紀は真性童貞で、しかも魅力的な美女たちと一つ屋根の下で生活していたため、性欲を堪《こら》えるのに苦労していたのだ。そんな状態で、この誘惑に抗《あらが》って童貞卒業のチャンスを見逃すことなど、普通の若い男にできるはずがあるまい。

理性のわずかな抵抗などたちまち欲望の大波に流されてしまい、智紀は立ち上がると爆乳美女の肩を摑んだ。

すると、美穂が顔をやや上向きにして、唇を突き出すようにして目を閉じる。

そんな彼女の唇に、智紀は緊張したまま自分の唇を重ねていた。

3

「…………」

智紀は、掃除したばかりの板張りの床に仰向《あおむ》けに横たわった美穂の姿に、言葉を失っていた。

今、彼女はビキニトップを取り去り、上半身を露わにしている。それが絵に描いたように美しく、童貞青年は見とれることしかできなかったのだ。

浅黒い顔や腕と違って白い釣り鐘形の美穂の爆乳は、上向きになっても存在感がいささかも失われていない。そして、その色白のふくらみの中心に広がる、やや濃いめのピンク色の地帯が、素晴らしいコントラストを生みだしている。

加えて、童顔と爆乳のアンバランスさがなんとも言えないエロティシズムを醸し出している気がしてならない。

何より、液晶ディスプレイや写真ではなく生で女性の乳房をこれだけ近くで見たのは、少なくとも物心が付いてから初めてなのだ。その感動で、言葉を発することすら忘れてしまうのは、仕方のないことではないだろうか？

「ふふっ。智紀ぃ？　見ているだけじゃなくて、触ってもいいさー」

からかうような爆乳美女の言葉で、智紀はようやく我に返った。

「あっ。えっと……そ、それじゃあ……」

と、慌てて彼女にまたがり、豊満なふくらみに手を伸ばす。

そして、乳房に手が触れると、美穂が「あんっ」と甘い声をこぼした。

「うわぁ。こ、これが生オッパイ……」

手の平に、柔らかさと弾力を兼ね備えた不思議な感触が広がり、智紀は思わず感嘆の声をあげていた。

もちろん、これほどの触り心地は爆乳だからこそだろう。しかし、それを差し引いたとしても、少なくとも性的な意味で女性の胸に手で触れたのは初めてなので、感動が非常に大きい。

それに、ふくらみを構成する白い肌はきめ細かく、バストの感触も手伝ってまるで手に吸いつくかのようだ。

これほど心地よい手触りのものに触れた記憶など、まったくない気がする。

「ほら、早く手を動かして揉《も》んでちょうだい。ただし、初めてオッパイを揉む人って興奮で力加減ができないことが多いから、最初は力を入れすぎないように気を付けてね？」

その美穂の指示に、「は、はい」と応じて、智紀は慎重に指に力を入れた。すると、乳房に指がズブリと沈み込み、その形が歪《ゆが》む。

「わっ。す、すごっ……」

あっさりと指が食い込んで、智紀は驚きの声をあげていた。触れた状態だと弾力を感じていたので、もっと抵抗があると思ったのだが、指に力を入れると予想以上に柔らかさが先に立つ印象である。

「んあっ、そう。そのまま揉んでぇ」

と促《うなが》されて、智紀は力を入れすぎないように気を付けながら、爆乳を揉みしだいた。

「ふあっ、はうっ、あんっ、もう少し、んあっ、思い切って揉んでもっ、んっ、いいさー。あんっ、それくらいっ、あんっ、そうっ……んんっ、女性の反応をっ、あんっ、見ながらっ、はんっ、力加減をっ、んああっ、調整するの。んはっ、あんっ……」

喘《あえ》ぎ声をこぼしながらの美穂のアドバイスに従って、智紀はどうにか力を抑えながら乳房を揉みしだき続けた。

事前に注意を受けていなかったら、おそらく彼女の反応を意識することなどなく、力任せにしていただろう。

それくらい、この爆乳は絶品の触り心地だった。できることならこのままずっと揉んでいたいくらいである。

そんなことを思いながらふと見ると、頂点のピンク色の中心にあった突起が、いつの間にか存在感を増していた。

つい興味を惹かれ、大きくなったそこを摘《つ》まんでみる。

途端に、美穂が「ひゃうん！」と甲高い声をあげ、おとがいを反《そ》らした。

「だ、大丈夫っすか？」

予想外の反応に驚いて、智紀は思わず乳首から指を離して訊いていた。

「いー《うん》。感じすぎて、少しビックリしただけさー。あたしも、男の人に触られるの久しぶりで、敏感になっているみたい。ねえ、またキスしましょうか？」

爆乳美女のその言葉に、智紀は安堵しつつ「はい」と応じて顔を近づける。

そして、再び唇を重ね合うと、美穂は首に腕を巻き付け、さらに力を込めてきた。

そのため、彼女との密着度がいっそう増し、ふくらみの感触が胸に広がる。

さらに、潮の香りと牝《めす》の汗の匂いが入り混じった芳香が、また鼻腔から流れ込んできた。それだけで、いっそう興奮が煽《あお》られる。

ところが、童顔の爆乳美女は、その状態で舌を口内にねじ込んできた。そして、舌を動かし始める。

「んっ。んじゅ、んむ……」

彼女の舌が口内で動き、舌が絡《から》め取られる。すると、その接点から甘美な性電気が発生した。

（こ、これがディープキス……舌同士が触れ合うのが、こんなに気持ちいいことだなんて……）

そう思うと、こちらも自然に舌を動かしたくなり、智紀は本能に従って自らも恐る恐る行動を開始した。

「んんっ？　んっ、んじゅぶ……んむっ、んじゅる……んんっ……」

こちらが舌を動かしだしたことに、美穂は少し驚いた様子を見せた。が、すぐに気を取り直したように行為を続ける。

そうして、ぎこちないながらも音を立てながら舌を絡め合うと、接点からもたらされる心地よさが先ほどより増す。

そのため、智紀は呼吸することも忘れて、夢中になって彼女の舌を貪《むさぼ》っていた。

だが、行為を続けていると、さすがにすぐ息苦しくなってくる。

小柄な爆乳美女の腕の力が緩《ゆる》んだこともあり、智紀はいったん顔をあげた。

「ぷはっ。はぁ、はぁ……」

「ふはあ。はぁ、ふぅ……智紀ぃ、すごい熱心な舌使いだったさー」

息を乱し、目を潤《うる》ませながら美穂が楽しそうに言う。

「はぁ、はぁ……その、つい……」

「恥《は》ずかしがらんでもいいさー。はぁ……あたしも、気持ちよかったし」

智紀の言い訳に、彼女が呼吸を整えながら笑みを浮かべて応じた。

このように言ってもらえると、こちらとしても安心できる気がする。

「ねぇ？　今度は、下を触ってくれない？」

そのリクエストに、智紀は思わず「し、下!?」と素っ頓狂な声をあげ、その下半身に目を向けていた。もっとも、今はまだ腕立て伏せのような体勢なので、女性の股間を見ることはできないのだが。

そういえば、胸にばかり気を取られていたが、愛撫が上半身だけで済むものではないことは、智紀もアダルトビデオなどを見て知っている。

（下ってことは……お、オマ×コに触れる……）

そう思っただけで緊張感が湧いてきて、ついゴクリと生唾を呑み込みながら、智紀は上体を起こして美穂の上からどいた。そして、ビキニボトムに包まれた下半身に改めて目をやる。

そうして見てみると、ビキニボトムの股間の中心に、うっすらと縦方向のシミができていた。

（美穂さん、もしかしてもう濡れて……？）

そう悟っただけで、興奮が一気に増してきた気がする。

智紀は、緊張しながらもそこに指を這わせてみた。

指が触れただけで、美穂が「はうんっ」と甘い声をあげる。

実際に触れてみると、湿り気に加えてこんもりした恥丘の感触も、水着越しに伝わってくる。

「指、筋に沿って動かしてみてぇ」

と指示されて、智紀は言われたとおりに指を動かしだす。

「んあっ、あんっ、それぇ！　はうっ、いいっ、あんっ……！」

愛撫に合わせて、爆乳美女が幼い顔立ちに不釣り合いな艶《つや》やかな喘ぎ声をあげる。

そうして指を動かしていると、ますます股間の湿り気が増してきた。

「んはあっ、智紀ぃ？　あんっ、ホーミー、んはあっ、直接、あんっ、触ってぇ」

喘ぎながら、彼女が新たなリクエストを出す。

だが、智紀は言葉の意味がよく分からず、「えっ？」と戸惑いの声をあげて、思わず愛撫の手を止めていた。

すると、こちらの疑問に気付いたらしく、美穂が言葉を続けた。

「あはー《ああ》。『ホーミー』って言うのは、うちなーぐちで『セックス』って意味と『オマ×コ』って意味があるの。今のは、『オマ×コ』のほうで言っちゃったやしが《けど》、やっぱりないちゃーには分かりにくかった？」

「なるほど、そういうことっすか。確かに、瞬間的に分からなかったっす」

説明を受けて納得したところで、智紀は改めて水着で隠れた股間に目をやり、息を呑んだ。

さすがに、そこに直接触れるのはいささか度胸が必要になる。

（いや、でも美穂さんのほうから求めてきたんだし）

なんとかそう割り切り、思い切ってビキニボトムに再び手を伸ばして、今度はそこをかき分けて指を奥に入れる。

すると、水とは異なる粘り気のある液体が指に絡みつき、プックリとした恥丘の感触がダイレクトに伝わってきた。

（こ、これが本物のオマ×コの手触り……）

感動とも困惑ともつかない思いが胸に湧き上がってきたが、智紀はとにかく先ほどと同じように指を動かし始めた。

「んあっ、あんっ、それぇ！　はうっ、いいっ！　あんっ、ああっ……！」

愛撫に合わせて、童顔の爆乳美女が先ほどよりも艶《なま》めかしい声で喘ぐ。

（美穂さん、エロすぎ……ああ、なんかこっちもヤバイ気が……）

指を動かしながら、智紀は自分の興奮のレベルがマックスに達しそうになっているのを感じていた。

既に、一物《いちもつ》はサーフパンツの奥で限界までいきり立ち、かろうじて先走りは出していないものの危険領域に入っている自覚はある。このまま行為を続けていたら、手でしごくまでもなく暴発してしまいそうだ。

「んあっ、あんっ……智紀のタニ……チ×チン、水着の奥で大きくなっているね？このままだと、すぐに出ちゃいそう？」

こちらの状況に気付いた美穂が、そう訊いてくる。

「そ、そうっすね……」

手を止めた智紀は、情けなさを感じながらも素直に頷いた。

とはいえ、物心が付いて以来、本物の乳房や女性器に触れたのはもちろん、キスをしたのすら初めての経験なのだ。その興奮だけで射精寸前まで昂るのは、仕方がないことではないだろうか？

「じゃあ、あたしがクウってあげようか？」

「クウ？」

「あはー《ああ》、これもうちなーぐちね。えっと、フェラチオのこと。どうかしら？」

美穂にそう言われて、智紀は心臓が大きく飛び跳ねるのを抑えられなかった。

いくら経験者とはいえ、まさか女性のほうからフェラチオを提案してくれるとは。

「えっと……い、いいんすか？」

そう聞き返すと、爆乳美女は笑みを浮かべて、

「もちろんさー。それじゃあ、立ってくれる？」

と、指示を出してきた。

これ以上は何も考えず、智紀は彼女の言葉に従って立ち上がった。

美穂も身体を起こしたが、そこで眩《まぶ》しそうに目を細める。

「あら？　日が差してきたさー」

そう言われて外を見ると、確かに海の家のあたりはまだ雨が降っているものの、海上の雲は切れて西日が屋内まで届いている。どうやら、予報よりも早く雨雲が通り過ぎつつあるらしい。

ちなみに、現在このあたりの日没の時間は十九時半前である。今の調子で天気が回復すれば、もうすぐ綺麗な夕焼けが見られるかもしれない。

ただ、この海水浴場は知る人ぞ知る夕焼けのスポットなので、晴れたら海岸に大勢の人がやって来る可能性がある。既に雨戸を閉め、外から見られる心配がないと言っても、防音されているわけではないので、あまり大声を出せば誰かに気付かれてしま

うだろう。

しかし、ここまでしておいて、今さら行為を中断などできるはずがなかった。

「智紀、このまま続けるわよね？」

美穂も同じ気持ちだったらしく、そう問いかけてくる。

智紀が首を縦に振ると、彼女は嬉しそうな表情を浮かべた。

（って、了承はしたけど、さすがに女性の前で海パンを脱ぐのは恥ずかしいな）

そんな躊躇《ためら》いの気持ちが湧いたものの、智紀は意を決してサーフパンツを脱いで足から抜き取った。

すると、一物が飛び出し、天を向いてそそり立つ。

「あいっ！　智紀のタニ《オチ×チン》、でーじまぎー《すごく大きい》！」

と、ペニスを見た美穂が素っ頓狂な声をあげる。

通常、彼女があまり使わないうちなーぐちを口にしていることからも、予想外の大きさに驚いたのが伝わってくる。

（誰かと比べたことはないんだけど、僕のチ×ポって人より大きいのかな？）

智紀は、恥ずかしさを覚えながらもそんなことを思っていた。

美穂が、今まで何人の男のモノを見てきたかは分からないが、少なくともその中でも大きいほうなのは、反応を見た限り間違いあるまい。そう悟ると、男としての自信が少しだけつく気がする。

「はぁ、ビックリしたさー。こんなにまぎータニ……大きいチ×チンを咥《くわ》えたら、顎が痛くなっちゃいそう」

気を取り直したらしく、爆乳美女はそんなことを口にしながらも、陰茎に顔を近づけた。そして、ためらう素振りも見せずに手を伸ばし、竿を優しく包み込む。

その感触だけで、射精してしまいそうな性電気が流れて、智紀は思わず「ふあっ」と声を漏《も》らし、おとがいを反らしていた。

自分では竿を何度となく握っているが、他人に、いわんや異性にこのように握られたのは生まれて初めてである。自分の手とは違い、柔らかさが先に立つその感触は、まさに未知の心地よさだと言っていい。

「ふふっ。智紀、握っただけでで一じ《すごく》気持ちよさそう。やしが《だけど》、これからが本番なんだから、少し我慢してね？」

笑みを浮かべながらそう言うと、美穂は一物の角度を変えて自分の口のほうに向けた。それから、亀頭にゆっくりと口を近づけ、ピンク色の舌を出す。

智紀はと言うと、目を大きく見開いてその光景を食い入るように見つめていた。

何しろ、自分のペニスの先端に、女性の舌が触れようとしているのである。アダルト動画やエロ漫画では目にしていた行為が、分身に対して現実に行なわれる瞬間を、見逃すことなどできるはずがない。

美穂の動きがゆっくりなのは、彼女が見せつけるようにわざとそうしているのか、それとも自分の錯覚なのだろうか？

そんなことを思いながら見ていると、遂に軟体物が陰茎の先端に触れ、「ンロ」という声と共に縦割れの唇を一舐めした。

途端に、鮮烈な性電気が亀頭から脳天まで一気に貫き、智紀は「はううっ！」と声をこぼして思わずおとがいを反らしていた。

一舐めでこれほどの快感がもたらされるとは、さすがに想定外である。

「んっ。ンロ、レロ……チロロ、ピチャ……」

爆乳美女は、そのまま音を立てながら亀頭を舐め回しだした。とはいえ、尿道口は最初の一度だけで、あとはそこを避けつつ先端部全体に舌を這わせている。

おそらく、縦割れの唇をあまり責めると、たちまち達してしまうと分かっているのだろう。

「はうっ！　くうっ、ああっ……！」

それでも、今まで味わったことのない強烈な快感がもたらされて、智紀はひたすら喘いでいた。

美穂は、こちらを観察するようにひとしきり亀頭を舐め、先端全体が唾液にまみれたところでいったん舌を離した。

そのため快電流が途切れて、智紀は安堵と無念さと疑問を抱きながら、思わず下に目を向ける。

すると、彼女は妖しげな笑みを浮かべながら、こちらを見上げていた。そして、目が合うと「あーん」と口を大きく開け、肉棒に近づける。

美穂は、一物をゆっくりと口内に含みだした。

「ふおっ！　そ、それっ……」

分身が温かなものに包まれていく感触の心地よさに、智紀はまたしても情けない声をあげていた。

肉棒を口に含まれただけで、天に昇るような快感がもたらされる。これは、舐められるのとも手で包まれるのとも異なる感覚だ。

間もなく、美穂が「んんっ」と苦しそうな声をこぼしながらも、陰茎を五分の四ほど咥え込んだ。さすがに、根元まで呑み込むのは、サイズ的に厳しかったのだろう。

爆乳美女は一呼吸おいて、それから確認するようにゆっくりと顔を動かしだした。

「んっ……んっ……んむ、んむ……」

「はううっ！　そっ、それっ、ふあああっ……」

ストロークが始まった途端、甘美な性電気が全身を貫き、智紀は喘ぎ声をこぼしていた。

彼女の口によって、自分の手でしごくのとは比べものにならない圧倒的な快感が分身から発生し、脊髄《せきずい》を伝って脳を灼《や》く。

(なんて気持ちいいんだ！　こ、これがフェラチオの気持ちよさなのか？)

智紀も、アダルト動画やエロ漫画で行為自体は知っていたし、女性にこうしてもらえることをずっと妄想してきた。しかし、口内奉仕でもたらされる心地よさは、想像の遥か上を行っている気がしてならない。

竿を包んでしごく唇の柔らかさ、口内の温かさ、動くと裏筋に時折触れる舌の感触。それらすべてが、ストロークのたびに強烈な快電流を生みだす。

その初めての快楽に、智紀はたちまち酔いしれていた。

できることなら、この快楽をずっと味わっていたい。そんな思いが、心の中を占めていく。

だが、もともと射精寸前まで昂っていたこともあり、あっという間に発射へのカウントダウンが智紀の脳内で鳴り響きだした。

「ううっ。美穂さん、僕もう……」

「んはあっ。あっ、もうちょっとだけ我慢してくれる？　最後に、もっといいことして、あ・げ・る」

　こちらの訴えを受けた美穂が、ペニスから口を離し、悪戯っぽい笑みを浮かべながら言った。童顔なだけに、その表情がまさに小悪魔のように思えてならない。

（もっといいこと？　フェラチオよりもっといいことなんて、本番しかないいんじゃないかな？）

　という疑問が、智紀の脳裏をよぎる。

　だが、この状態で挿入したら、おそらく挿《い》れたのと同時に射精してしまうだろう。そもそも、フェラチオをしていたのも先に一発抜くのが目的だったのだから、ここで本番に移行するとは考えにくい。

　智紀がそんなことを思っていると、美穂がバストに手を添え、ペニスに近づけてきた。そこで、ようやく彼女の意図が理解できる。

（ぱ、パイズリ!?）

智紀も、アダルト動画などでその行為は見知っていた。それに、確かにこのサイズならば余裕でできるだろう。

しかし、まさか初体験でパイズリまで経験できるとは思ってもみなかった。というか、ここまで完全に頭から抜け落ちていた行為である。

智紀がそんなことを思っている間に、美穂はカウパー氏腺液を溢《あふ》れさせた肉棒を、爆乳の谷間で挟み込んだ。

手や口とは異なる、弾力と柔らかさを兼ね備えたものに分身が覆われた瞬間、智紀はその心地よさに思わず「ふあっ」と声をこぼしていた。

既に手では触れていたとはいえ、ペニスをスッポリと包まれた感触はまた違うものに思えてならない。

その心地よさだけで、危うく暴発してしまいそうになったが、事前に注意を受けていたおかげでなんとか堪えることができた。もしも不意打ちでされていたら、おそらく耐えられなかっただろう。

「ふふっ、よく我慢したわね？　いい子には、ご褒美をあげないと。んっ、んふっ、んんっ……」

なんとも楽しそうにそう言うと、美穂が手でバストを動かし、声を漏らしながら内側の一物をしごき始めた。

「ほあっ！　あうっ、こ、これっ……くはっ、ううっ……」

口はもちろん、手でしごくのとも異なる鮮烈な快感が分身から生じて、智紀はおとがいを反らして喘いでいた。

フェラチオも気持ちよかったが、パイズリだとまた違った心地よさと興奮がもたらされる気がしてならない。

「んっ、んっ、今度はぁ……んっ、んしょっ……」

と、美穂が手を交互に動かしだす。

すると、竿の左右から違った性電気が生じる。

（こ、これがパイズリ……すごすぎだ！）

智紀は、もたらされる快感にたちまち酔いしれていた。

ふくよかな感触のふくらみの内側でしごかれると、独特の心地よさが発生する。

ましてや、この夢のような行為を、同じ職場で働き一つ屋根の下で暮らしている相手が、率先してしてくれているのである。

その快感と視覚的な興奮は、既に限界まで昂っていた性の臨界点を超すには充分すぎるものだった。

「ああっ、もうっ……出る！」

そう口にするなり、智紀は暴発気味に童顔の爆乳美女の顔に精液をぶっかけていた。

「ひゃんっ！　精液、ばんない《たくさん》出たぁ！」

声をあげた美穂が、手を止めて白濁《はくだく》のシャワーを顔で浴びる。しかし、顔を背けたり避けたりすることはなく、しっかりと正面で受け止めている。

そうして、智紀よりも年下に見える美貌に降りかかったスペルマが、頬を伝って大きな胸にボタボタとこぼれ落ちていく。

そんな彼女の姿が、智紀にはなんとも妖艶に見えてならなかった。

4

「はぁ、しかますなぁ《びっくりした》。まさか、こんなにばんない《たくさん》出るなんてさー。それに、匂いも濃くて……初めてってこともあるんだろうやしが《けど》、智紀、でーじ《すごく》溜まっていたのね？」

射精が終わると、顔を精液まみれにした美穂が、恍惚《こうこつ》とした表情を浮かべながらそんなことを口にした。

彼女の顔の肌色は少し浅黒いため、紅潮しているかもともと分かりにくい。加えて、夕焼け間近で黄色がかった日が室内を染めているため、いっそう顔色が掴みにくくなっていた。

しかし、白濁液まみれの女性のウットリした顔が、なんとも淫靡《いんび》で興奮を煽るのも間違いない。

「智紀のチ×チン、まだまぎー大《き》まい《い》まぁ。ふふっ、精液の匂いがすごすぎて、あたしもなー我慢《もう》できんさー」

笑みを浮かべながらそう言って、美穂が股間にシミができた自分のビキニボトムに手をかけた。そして、ためらう素振りもなくそれを脱ぎ、下半身を露わにする。

ビキニボトムを傍らに置くと、爆乳美女が智紀のほうを向いて床に座り、身体を横たえて脚をM字に開く。

すると、短めに整えられた恥毛にうっすら隠れた、濡れそぼった秘部が眼前で露わになる。

智紀は、その光景に目を奪われていた。

何しろそこは、合法的なアダルト動画やエロ漫画などでは必ずモザイクか黒線で隠されている場所なのである。そんな部位を今、女性が目の前で自ら曝《さら》け出しているのだから、見入ってしまうのは当然ではないだろうか？

彼女の秘裂からは、少し肉がはみ出しており、単純な縦筋ではなかった。しかし、蜜が溢れていることで、その淫靡さがより引き立っているように思えてならない。

「ほーら、智紀ぃ？　ここに、チ×チンを挿れるのさー。あたしの準備はもうできているから、早く中にちょうだぁい」

自分の秘裂に指をあてがい、逆V字を作るようにしてパックリと口を開けながら、美穂が艶めかしく誘ってくる。

そうして割れ目が広げられると、彼女の奥から新たな愛液がこぼれ出て、床まで流れ落ちていく。

「……ゴクッ。は、はい」

淫靡な光景に、ついつい見とれていた智紀はようやく我に返り、生唾を呑み込みながらそう応じた。

もはや、爆乳美女と一つになることへのためらいなど、微塵《みじん》も感じていない。むしろ、緊張はしているものの、挿入への原始的な欲求だけが心を支配していた。

智紀は彼女の脚の間に入ると、勃起した分身を濡れそぼった割れ目にあてがった。

「じゃ、じゃあ、挿れます」

と声をかけ、一物を秘裂に押し込む。

すると、思っていた以上にあっさりと、ペニスが呑み込まれていく。

「んはあっ！　智紀のまぎーチ×チン《大きい》、入ってきたぁ！」

美穂が、歓喜の声をこぼして肉棒を迎え入れる。

（うわっ。こ、これがオマ×コの中……）

分身が生温かくヌメった肉壁をかき分けていく感覚に、智紀は挿入を続けながら内心で驚きの声をあげていた。

本番行為のピストン運動が気持ちいいのは当然だろうが、こうして挿れるだけで快感がもたらされるとは思ってもみなかったことである。先に一発出していなかったら、この時点であっさり暴発していただろう。

そんなことを思いつつ、さらに奥へと進んでいくと、間もなく自分の腰と彼女の股間がぶつかって、それ以上は先に進めなくなった。同時に、分身全体が温かな肉壁に包まれたのを、しっかりと感じられるようになる。

「はぁ、智紀のチ×チン、本当にすごいわ。奥まで届いて、あたしの中が内側から思い切り広げられているの、はっきり分かるぅ」

精液まみれの恍惚とした表情で、美穂がそんなことを口にする。

だが、腕立て伏せをするような体勢の智紀のほうは、彼女の言葉に反応する心の余裕などまったくなかった。

（こ、これが女の人の中……ヌメヌメして温かくて、チ×ポに絡みついてくるみたいで……ああ、こうしているだけでもすごく気持ちいい！）

童貞を喪失した実感よりも、今は女性の中の心地よさに対する感想のほうが先に立っている。そのため、智紀は自分が動くのを忘れていることにも気付いていなかった。

「んあっ。智紀ぃ、早く動いてぇ。でーじまぎー《すごく大きい》チ×チンで、あたしの奥、いっぱい突いてぇ」

童顔の爆乳美女が、焦《じ》れたように促してくる。

そこで智紀は、ようやく我に返った。

「あっ、はい。じゃあ……」

慌ててそう応じて、そのまま腰を動かしだす。

（うおっ。き、気持ちいい！）

すると、ペニスになんとも言えない快感がもたらされて、智紀は心の中で驚きの声をあげていた。

ピストン運動をすれば気持ちよくなると予想はしていたが、これは想像を遥かに超えるものである。この快楽を知ってしまったら、自分の手で慰める行為になど戻りたくなくなりそうだ。

しかし、腕立て伏せのような体勢で抽送《ちゅうそう》をするのは、思っていた以上に難しかった。とにかく、腰を引けば抜けそうになり、奥に挿《い》れるにしても力加減が分からず、腰の動きが安定しないのである。しかも、動くたびに分身から心地よさがもたらされて、行為に集中できない。

「んあっ、くうっ、あんっ……はっ、んふうっ……」

抽送に合わせて、美穂が吐息のような声を漏らす。だが、さほど気持ちよさそうには聞こえない。やはり、動きがぎこちなさすぎて、あまり感じていないのだろうか？

アダルトビデオの男優などは、この体勢でもっとスムーズに動いていた記憶があるので、ここらへんは慣れの問題なのかもしれない。

（このまま続けていても、美穂さんは気持ちよくならないだろうし、だけどそれじゃあ、いったいどうしたら……？）

「んあっ、智紀？　身体を起こしてあたしの腰を掴んだほうが、腰を動かしやすいはずよ？」

ピストン運動を続けながら、若干パニックを起こしていると、美穂がそうアドバイスを口にした。

「あっ。そ、そうっすね。すみません」

爆乳美女の言葉を受けて、智紀は動きを止めて返事をした。そして、言われたとおり身体を起こして彼女の腰を摑む。

（ああ、そういえば動画とか漫画でも、こんな体勢でしているのがあったっけ）

今さらのように、そのことを思い出す。ここまで、他の体位が思い浮かばなかったのは、やはり初体験の緊張と興奮で思考が鈍っていたからだろうか？

そんなことを考えながら、智紀は再びピストン運動を始めた。

しかし、確かに動きやすくはなったものの、どうしても動作がぎこちなくなってしまい、なかなかスムーズな抽送にならない。

「あうっ、くっ……んんっ、ひうんっ！　あっ、はうっ……！」

美穂の喘ぎ声も、こちらの動きに合わせてなんとも不安定だった。もちろん、先ほどよりはマシになったのだが、愛撫のときと比べると快感を充分に得ているようには見えない。

（だけど、僕が慣れてないせいだとしたら、これぱかりはどうにも……）

そんな不安を、智紀が抱き始めたとき。

「んあっ。智紀、動くのをやめて」

業《ごう》を煮やしたのか、爆乳美女がそう声をかけてきた。

「す、すみません、下手《へた》くそで」

動きを止めて、智紀が情けなさを感じながら頭を下げると、彼女は優しい笑みを浮かべて言葉を続けた。

「初めてなんだから、仕方がないさー。ねぇ？　あたしが上になって動いてあげる。いったんチ×チンを抜いて、智紀が寝そべってちょうだい」

その美穂の指示に、智紀は「はい」と素直に応じて腰を引いて一物を抜いた。

そうしてペニスを外に出すと、妙な寂しさが湧いてくる。どうやら、いつの間にか女性器の中の感触に慣れていたらしい。

智紀が床に寝そべると、入れ替わって身体を起こした爆乳美女が、すぐにまたがってきた。そして、躊躇する素振りも見せずに愛液にまみれた一物を握り、自分の股間と位置を合わせる。

「それじゃあ、挿れるさー」

と言って、彼女はゆっくりと腰を下ろしだした。

同時に、一物が再び温かな膣壁に包まれていき、安心感が込み上げてくる。

「んああっ、これぇ……でーじ太《すご》くて硬いのが、あたしの中を広げて入ってくるぅ」

控えめな声でそう言いながら、美穂はさらに腰を下ろしていった。

そして間もなく、爆乳美女の股間が智紀の腰にぶつかって、その動きが止まった。

一物全体が、再び温かくヌメった膣肉に包まれたことからも、完全に入りきったことが伝わってくる。

「んはぁ。こうすると、智紀のチ×チンが子宮口を押し上げているの、はっきり感じられるさー。こんなの、あたしも初めてぇ」

濡れた目でこちらを見ながら、美穂がそんなことを言う。

だが、智紀のほうは改めて味わう膣の感触の心地よさに、返事をすることもすっかり忘れていた。

もっとも、爆乳美女もそれは充分に分かっているようで、特に気にする様子もなく、

「それじゃあ、あたしが動き方のお手本を見せてあげるさー。智紀、しっかり勉強してね？」

と言うと、智紀の腹に手を置き、自ら小さく腰を動かし始めた。

「んっ、あっ、あんっ、いいっ！　はうっ、奥にっ、あんっ、当たるっ！　んはっ、ああっ……！」

「くうっ。き、気持ちいぃ！」

彼女のよがり声と共に、リズミカルな抽送によってもたらされた快感に、智紀も思わずそう口走っていた。

男性が動くか、女性が動くかという違いはあっても、セックスのピストン運動というものに大きな違いはない。しかし、我ながらぎこちなかった自分の抽送と、美穂の安定した腰使いとでは、もたらされる心地よさに雲泥の差があった。

「んっ、あっ、智紀っ、はうっ、無理にっ、んあっ、腰を動かそうとっ、ふあっ、するよりぃ……あんっ、こうやってぇ、んんっ、押しつけることをっ、んはっ、意識したほうがっ、ああっ、動きっ、あんっ、やすくっ、ふあっ、なるのっ……あんっ、んあっ、子宮っ、ふあっ、コツコツってぇ……ああっ、でーじっ《すごく》、はうっ、気持ちいいいぃ！　あっ、ああんっ……！」

そう口にしながら、美穂が手を腹から離して上体を起こした。そして、腰の動きを次第に大きく速くしていく。

すると、豊満な二つのふくらみもタプンタプンと音を立てて激しく揺れる。

その光景が、なんとも美しく見えてならない。

それは、単に童顔の女性が一糸まとわぬ姿で爆乳を揺らしながら艶めかしく喘いでいるから、というだけで醸し出されるものではなかった。

先ほどよりも奥まで差し込んできた夕陽が、いっそう赤みを帯びて室内の色彩をオレンジ色に変え、美穂の身体を染めている。そのことが、彼女のエロティックさをさらに増している要因に思えてならなかった。

この幻想的とも言える光景は、今の時間だからこそ見られた奇跡と言ってもいいだろう。

そんなことを思うと、一物からの気持ちよさも相まって、二度目の射精感が早くも込み上げてきた。

「美穂さんっ。僕、また……」

「ああっ、あたしもぉ！　んはっ、もうすぐぅ！　あんっ、久しぶりだからっ、あんっ、すぐにっ、イッちゃいそうさー！」

智紀の訴えにそう応じて、美穂が上体を倒して抱きついてきた。しかし、それでも腰だけはしっかりと上下に動かし続けている。

（うわっ。オッパイが肩の近くに当たって……）

柔らかな爆乳の感触が広がると、ますます興奮が煽られる。

「くうっ。本当に、もう出そうっ！」

「んはあっ、いいよっ。あんっ、智紀っ、あんっ、このままっ、ああっ、まんじゅんっ！　あんっ、中につ、はうっ、智紀のサ精子《ニぃ》！　んはっ、ばんないっ、あんっ、ちようだぁい！」

喘ぎながらそう言って、美穂が射精を促すように腰の動きを小刻みにする。

おかげで、射精感が一気に限界に達してしまう。

智紀は、「くうっ」と呻《うめ》くなり、彼女の中に出来たての精を注ぎ込んだ。

「はああっ、熱いの、出て……んんんんんんんんっ!!」

と、爆乳美女が歯を食いしばりながら腰の動きを止め、身体をピンッと強張《こわば》らせる。

(ふああ……す、すごく出て……)

二度目とは思えないほど大量のスペルマの放出に、智紀は我がことながら驚きを禁じ得なかった。

予想を超えるその勢いに、目の前が一瞬暗くなってしまう。こちらが身体を起こしていたら、貧血を起こしたようにバッタリと倒れ込んでいたかもしれない。

だが、永遠に続くかと思うような射精も、間もなく終わりを告げた。

それに合わせて、美穂の全身も一気に虚脱する。

「んはあぁ……はぁ、はぁ……ばんない出たぁ。熱いサ精子《ニ》があ、あたしの中を満たしてぇ……」

息を切らしながら、彼女がなんとも幸せそうに言う。うちなーぐちがかなり混じっていることから考えても、お世辞ではなく本当に満足してくれたのは間違いあるまい。

ただ、智紀のほうは爆乳美女にかける言葉も見つからず、夕陽に照らされながら初セックスの余韻にひたすら浸り続けていた。

第二章　年上処女に晴天カーセックス

1

「……やっぱり、沖縄は地上波のチャンネルが少ないなぁ」

夕食後、リビングのソファに座った智紀は、新聞のテレビ欄を眺めながら、ついそう漏らしていた。

既に分かっていたことだが、沖縄の地上波の民放テレビ局は三局しかない。ケーブルテレビはあるものの、当然CSやBSのチャンネルは視聴契約を結んでいないと視聴できなかった。円香は、それらの有料放送を契約していないので、この家では最低限のチャンネルしか見ることができないのだ。

もちろん、沖縄で放送されていないドラマなどは、いざとなればスマートフォンを使って配信でチェックできる。が、やはりできればある程度大きな画面で見たいと思うのは、至極当然の心理だろう。

「そりゃあ内地、それも東京と比べたら駄目さー。で、今は何をやっているの？」

と、横から美穂が身体を寄せながら新聞を覗《のぞ》き込んでくる。

（うっ。み、美穂さんの匂い……）

体温が感じられるほど接近されると、彼女の身体から石鹸の香りに混じって女性の匂いがほのかに漂《ただよ》ってきた。すると、海の家での秘め事が脳裏に甦《よみがえ》って、自然に緊張してしまう。

人懐《ひとなつ》っこい性格の爆乳美女は、もともと智紀にも積極的に話しかけてきていたが、一昨日関係を結んでから、その距離がいっそう近くなっていた。

何しろ、こうして無防備に身体を寄せてくるのはもちろん、事あるごとに大きな胸を見せつけるようにしたり、さりげなく智紀の手を取ったり、といったこともしてくるようになったのである。

もっとも、恋人気取りかと言ったら、そういうわけでもないのだが。

実は、智紀は行為のあと、すぐ彼女に交際を申し込んでいた。

美穂がセックスの経験者だったとはいえ、中出しを決めてしまったのである。生真《きま》面目《じめ》な智紀は、男としての責任を取らないと気が済まなかったのだ。

それに、彼女は本土の人間と結婚したがっている。であれば、自分との交際はちょうどいいのではないか？

しかし、美穂はこちらの申し込みを即座に断った。

「そりゃあ、ないちゃーと結婚して沖縄を出たいやし<ruby>が</ruby>、責任感で『付き合って』とか言われても、ちっとも嬉しくないわ。それに、かーなーが……コホン。まぁ、とにかく智紀は真面目すぎ。あたしも、したかったから智紀とホーミー……セックスしたんだし、中出しだって自分が望んだことなんだから、そんなに気にしなくてもいいさー」

笑みを浮かべながら、彼女はそう言ったのである。

そのため、智紀もひとまずは交際の提案を取り下げ、しばらくはこれまでどおりにする、という童顔の爆乳美女の案に首を縦に振ったのだった。

当然、自分たちの関係を円香と香奈子には内緒にする、ということも合意している。

しかし、その割に以前よりもやけに近づいてくるのは、謎と言うしかなかった。こんなことを続けられたら、再び肉体関係を求めたくなってしまう。

「もうっ。美穂ねーねー、智紀に近づきすぎ！」

こちらを見た香奈子が、なんとも不機嫌そうに声を荒らげた。

「ふふっ。かーなー、何を怒っているの？」

「べ、別に怒ってないさー！　ただ、美穂ねーねーが無防備すぎるだけでしょう？」

爆乳幼馴染みのからかうような言葉に、香奈子がやや動揺した様子を見せながら反論する。

「でも、智紀はないちゃーだし、けっこういい男だし、あたしのタイプかもねぇ？」

美穂が、一歳下の幼馴染みを見ながらそんなことを口にして、ピタッと身体を寄せつけてくる。

そのため、胸が腕に押し当てられて、ブラジャーに包まれたふくよかな感触と体温が伝わってくる。また、彼女の匂いがいっそう強まって、自然に一物に血液が集まってきそうになった。ただ、振り払うにはこのぬくもりと感触はあまりに魅力的すぎる。

「み、美穂さん？」

「ふふっ。智紀ったら、赤くなっちゃってぇ。そんなに反応が可愛いと、なんだかますますわちゃくい《からかい》たくなっちゃうさー」

耳に息を吹きかけるようにして、童顔の爆乳美女がわざとらしく言う。

（美穂さん、僕が交際を申し込んだときは断ったのに、なんでこんなことを言ったりするんだ？）

　彼女が何を考えているのか、智紀にはさっぱり分からなかった。

「えーっ！　もう知らない！　美穂ねーねーのふらー《馬鹿》！　そんなことびけーん《ばっかり》しているから、『あしばー《遊び人》』なんて言われるさー！　香奈子ぉ、部屋でゆくる《休む》！」

　苛立ちが頂点に達したらしく、うちなーぐち丸出しで叫んだ香奈子がドタドタと乱暴な足取りでリビングから出て行く。

「あらら、わちゃくい《からかい》すぎたかしら？　まさか、あそこまでわじわじー《怒る》するなんて」

と、美穂が身体を離して気まずそうに言った。

　普段、あまりうちなーぐちを使わない爆乳美女が、ここまで方言を出してボヤくというのは珍しい。おそらく、年下の幼馴染みの怒り具合が予想以上で、さすがに驚いたのだろう。

「もう。美穂ったら、香奈子の気持ちを知っていてわちゃく《からかう》なんて。ちょっと趣味が悪いわよ」

　夕食の食器洗いなどを終えた円香が、リビングに戻ってきてそんなことを言う。

「香奈子さんの気持ち？」

　と、智紀は首を傾《かし》げた。

先ほどの美穂もそうだったが、いちいちその名前が出てくるのが、どうにも理解できない。

「あいつ、わたしも失言《しまった》だったわ。忘れてちょうだい。それより、明日は海の家がお休みだから、みんなでお買い物に行きましょうか？」

円香が誤魔化すように、笑顔を浮かべながら強引に話題を変えると、

「あたしはパス。欲しいものがあるわけじゃないし、少し身体を休めたいわ」

と、美穂が肩をすくめながら応じた。

海の家エメラルド・オーシャンには、週一回の定休日があった。

何しろ、売りの特製沖縄焼きそばを美味しく作れるのは、美穂だけなのである。

円香と香奈子も、彼女の指導を受けて特製焼きそば作りに挑戦したことがあるらしい。が、同じ材料と同じ手順で作ったにも拘《かか》わらず、どうしても味が変わってしまったそうだ。童顔の爆乳美女の作り方には、本人にも説明できない感覚的なコツのようなものがあるのかもしれない。

とにかく、普通に料理ができる二人で味の再現ができないのであれば、他の人を雇っても結果は同じだろう。そのため、他の料理はともかく店の売りである特製沖縄焼きそばだけは、美穂が一手に引き受けるしかないのだ。

しかし、さすがに雨の日以外、夏の間ずっと働きづめというわけにはいかないので、週一回の定休日を設けた次第である。

接客のほうは、智紀が来たことで多少の余裕はできた。だが、客の大半が特製沖縄焼きそばを注文する以上、美穂の負担が以前よりも増したのは間違いない。そのぶん、彼女には疲れが溜まっているのだろう。

「じゃあ、智紀くんはどうする？　こっちに来てからウチと海の家の往復だけだったし、わたしが車を出すから気分転換に出かけない？」

「そ、そうっすね。せっかくだから、このあたりも見て回りたいっす」

円香の問いかけに、智紀はそう応じていた。

本当は、慣れない接客で疲弊した心身を休めたい気持ちもあった。だが、もしも美穂とこの家で二人きりになったら、自分が暴走して彼女を襲ってしまうのではないか、という懸念を智紀は抱いていたのである。

もちろん、肌を重ねただけで美穂を好きになったわけではないし、女性への緊張感がなくなったわけでもなかった。しかし、性欲は人並みかそれ以上にはあるので、円香も香奈子もいないとなったら、セックスを求める気持ちを抑えられなくなってしまう気がしてならない。何しろ、既に一度しているので、歯止めが利かなくなる可能性は高いと、我ながら思う。

「それじゃあ、明日は香奈子とわたしと三人でお買い物に出ましょう。ついでに、あたりも案内してあげるから」

円香が、こちらの気持ちに気付いた様子もなく、にこやかに言う。

そんな彼女の態度に、智紀は内心で胸を撫で下ろしていた。

2

「智紀、三番、五番、焼きそば一丁ずつできたよ！　テイクアウトの焼きそば三丁、一番の焼きそば一丁をまとめてやるから、沖縄そばはかーなーがゆたしく《よろしく》！」

昼時、厨房から美穂の指示が飛んできて、智紀は香奈子と共に「はい！」と返事をして、それぞれの作業に取りかかった。

定休日明けのその日、海の家エメラルド・オーシャンは昼が近づくにつれて慌ただしさが増していた。

特に、快晴の今日は陽射しが強い。そのせいか、日が高い時間帯になるとイートインの利用者が一気に増えた印象だ。

　実際、この時間帯は全体が日陰になるイートインスペースは、扇風機で風を起こすだけで体感温度が外とは雲泥の差になる。とはいえ、気温自体が高めなので、さすがに慌ただしく動き回っている店員のほうは、すぐに汗をかいてしまうのだが。

　ちなみに、エメラルド・オーシャンでは、特製沖縄焼きそば以外に沖縄そばやカレーライスといった定番の食事類や軽いつまみも、一応は提供している。しかし、いずれも焼きそばと違って誰が作っても味に違いがないため、忙しいときは香奈子と円香のどちらかが用意していた。

　智紀も、厨房を手伝うことはたまにあるものの、手際のよさでは女性二人に劣る。そのため、忙しい時間は接客に専念することのほうが多かった。

　もっとも、それは理由の一つに過ぎず、実際は厨房で美穂と肩を並べていると初体験のときの記憶が甦って落ち着かない、というのが大きかったのだが。

（とにかく、忙しく動き回っていれば余計なことを考えずに済むからな）

　そう考えた智紀は、ひたすら接客に専念していた。

　やがて、十三時を過ぎて客足がようやく落ち着いてきた頃。

　香奈子が、まるで糸が切れた人形のように、崩れ落ちるようにその場にへたり込んでしまった。

「香奈子、どうがししゃん《どうしたの》よ？」

と、テイクアウト窓口から出てきた円香が、心配そうに妹へと駆け寄る。

「ねーねー、わっさいびーん《ごめん》。ちょっとフラフラして」

香奈子が、なんとも弱々しい声で姉に応じる。

そこで、円香が彼女の額に手を当てた。

「少し熱っぽいわ……そういえば香奈子、ちゃんと水分補給していた？」

「あはは……わしとーたん《忘れてた》」

「何をしているの？　今日は暑いから、いくらイートインにいても、こまめに水分補給しないと熱中症になるって知っていたでしょう？」

「分かっていたんやしが《だけど》、いちゅなさんだった《忙しかった》から、つい……」

「まったく、仕方がないわね。ちょっと待っていて」

そう言って、円香がいったん奥に引っ込み、それから経口補水液のペットボトルを持ってきた。

「これを飲みなさい。ただの水よりも水分が身体に吸収されやすいから、熱中症にいいのよ。ただし、よんなー《ゆっくり》、こまめにね」

その姉の指示に従い、香奈子が経口補水液をチビリチビリと飲みだす。

（おおっ。あれをちゃんと用意しているとは、さすがだな）

智紀は状況を見守りながら、兄嫁の適切な対応に感心していた。

経口補水液は、スポーツドリンクよりも体液に近い組成になっており、脱水症状を起こしているときには最適な飲み物である。智紀が所属していた高校の水泳部でも、夏場の練習時には常備されていたので、その効果はよく知っている。

すると、円香がこちらに目を向けた。

「智紀くんだけじゃ、十五時頃の山場は大変だろうし、今日はイートインのオーダーを止めて、あとはテイクアウトだけで営業しましょう」

「分かりました。じゃあ、今いるお客さんがいなくなった時点で、こっちは終了ってことで」

そう応じて、智紀はイートインの出入り口前に置いてある看板に、「CLOSED」の札をかけた。これで、新規の客はもう断れる。

それから、香奈子をひとまず空いている席に座らせ、経口補水液だけでなくビニール袋に入れた氷で首を冷やさせておく。

やがて、食事をしていた客が出て行き、イートインスペースには智紀たち以外に人がいなくなった。

「智紀くん？　鍵を渡すから、香奈子を車に連れて行ってくれる？　それで、クーラーをつけてゆくらせて《休ませて》あげてちょうだい。あと、急に体調が悪くなったら大変だから、念のためにしばらく付き添ってあげてね」

客が全員去ったところで、円香がテイクアウト窓口からそう指示を出してきた。軽度の熱中症の対策は、水分補給と冷却、それに涼しいところでの休息である。車の冷房であっても、扇風機しかないイートインスペースよりは遙かにマシと言えるだろう。

また、社用車はワンボックスワゴンなので、後部シートをしまえば人が横になって休むのに充分なスペースを確保できる。

(僕が、香奈子さんを車に連れて行くのか？)

とは思ったものの、テイクアウトは営業を続行中なので、美穂も円香も手が塞《ふさ》がっている。それに、まさか体調を崩した女性を炎天下、一人で車まで行かせるわけにもいくまい。

「分かりました。じゃあ、香奈子さん？　肩を貸すんで、行きましょうか？」

と智紀が声をかけると、ポニーテール美女も「うん」と弱々しく応じて席を立つ。

それから、智紀は車の鍵を受け取り、飲みかけの経口補水液のペットボトルを手にすると、彼女に肩を貸して歩きだした。

だが、日向《ひなた》に出るなり香奈子はすぐにフラフラし始めた。水分補給で多少は回復したとはいえ、熱中症の身に真夏の直射日光はかなり辛いのだろう。

(香奈子さんがフラついて、すごく歩きにくいな。このままじゃ、車まで何分かかるか分からないし、熱中症が悪化しちゃうかもしれないぞ)

智紀は、そんな危機感を抱かずにはいられなかった。

この状況下では、彼女が外にいる時間はなるべく短くするべきだろう。だが、体調を崩した女性に「急いで歩け」と言うのは、さすがに酷すぎる。

「仕方ない。香奈子さん、僕がおんぶして運びます」

「えっ？　お、おんぶ？」

智紀の言葉に、年上のポニーテール美女が動揺した様子を見せる。

「はい。少しでも早く、車に行ったほうがいいと思うんで」

「それは……でも、恥《は》ずかしいよ《じかさっさ》」

「そんなこと、言っている場合じゃないでしょう？　ほら」

と、智紀はしゃがんで彼女に背を向けた。

香奈子はなおも逡巡していたが、反論の余地がないため諦めたように背中に被さってくる。

するとふくらみがムニュンと押しつけられる感触が背に広がった。

(うわっ。か、香奈子さんのオッパイが……)

早く彼女を車に連れて行くことばかり考えて、ついうっかり失念していたが、Tシャツ越しとはいえ乳房を覆っているのは水着なのだ。パッドは入っているものの、ブラジャーとは違うのでふくらみの感触がしっかりと感じられる。

こうして密着されると、美穂ほどのボリュームはないとはいえその胸に柔らかさと弾力が兼ね備わっているのが、背中から伝わってくる。

おそらく、香奈子がおんぶに躊躇したのは、自分のバストを押しつけることになるのを分かっていたからなのだろう。

もっとも、今さら「オッパイが当たるから、やっぱりおんぶはやめよう」と言うのも気が引ける。それに、女性を運べる他の体勢といえば、あと思いつくのはお姫様抱っこくらいだ。しかし、それはある意味でおんぶ以上に恥ずかしい。

(し、仕方がない。とにかく、早く車まで行こう)

そう考えて、智紀は立ち上がった。

しかし、香奈子の足が浮くと、ますます乳房の感触がはっきりと感じられるようになった。それを背中で味わっているだけで、自然に股間のモノが硬くなってしまいそうになる。

（くうっ、我慢だ！　これは緊急避難的なことであって、決していやらしいことじゃないんだから！）

懸命にそう考えながら、智紀は二歳上の女性をおぶったまま、小走りに車へと向かうのだった。

3

この海水浴場には、海の家や売店など仕事で来ている車用に、観光客用の駐車場から少し離れた場所に小さめの専用駐車場が用意されている。

香奈子を背負った智紀は、その一角に停めてある浦野観光の社用車に到着すると、いったん彼女を日陰に降ろした。そして、ドアをすべて開け放って車内の熱気を逃がしてから、エンジンをかけてエアコンのスイッチを入れた。それから、再びドアを閉めて後部座席を畳んでスペースを作っていると、すぐに車内の温度が下がってくる。

智紀は、大判のタオルを床に敷いて小さなタオルで枕を作り、香奈子を車に入れて寝かせた。

サンシェードと日よけカーテンのおかげで、車内はやや薄暗い。また、外から中を見ることも、よほど近づいてマジマジと覗き込まない限りは不可能だろう。

「ふぅ。智紀、ありがとう」

さすがにホッとした表情を見せながら、香奈子が弱々しい声で礼を言う。

「いや、別に……」

智紀は、それ以上のことを言えず、彼女から視線を逸らした。

どうにかここまで我慢できたが、まだ背中にバストの感触が残っている気がしてならない。

そうして改めて意識すると、ついつい二歳上の美女の身体を眺めたくなってしまう。加えて、その身体に直接触れてみたい、という欲求も込み上げてくる。

そんな邪《よこしま》な欲望を我慢するためにも、できればこの場から離れたかった。が、円香にも言われたように病人を車に一人放置するわけにいかないので、今は付き添うしかあるまい。

「えっと……じゃあ、僕は助手席のほうにいるんで、香奈子さんは経口補水液を飲んで休んでいてください」

昴りを誤魔化そうと、智紀がそう言って移動しようと腰を浮かせたとき。

「ねえ、智紀？」

と、香奈子が横たわったまま弱々しく口を開いた。

「なんすか？」

「あの……美穂ねーねーと、何かあったの？」

その問いかけに、智紀の心臓が大きく飛び跳ねた。

「な、なんでそんなことを？」

「だって、ここ何日かの美穂ねーねーが智紀に取る態度、なんだかおかしかったもん。普通、何かあったって思うさー。それがちゃー《ずっと》気になっていて、水分補給のことをすっかり忘れていたわけ」

彼女が、そう言葉を続ける。

なるほど、やはり彼女は智紀と美穂の関係が変化したことに気付いていたようだ。

もっとも、童顔の爆乳美女があれだけベタベタしてきていれば、それも当然という気はするのだが。

しかし、水分補給を忘れるほどそのことを気にしていた、というのはイマイチ理解に苦しむ。

（どうしよう？　正直に話したほうがいいのかな？　それとも、誤魔化したほうがいいかな？）

何しろ肉体関係の話になるし、美穂とも内緒にすることで合意している。したがって、本来であれば適当にお茶を濁すべきなのかもしれない。

だが、智紀はどうにも嘘をつくのが苦手だった。たとえ嘘をついても、どうやら態度に出てしまうらしく、すぐ相手に見抜かれてしまうのである。

そう考えると、正直に話すしか選択肢はない気がした。

（だけど、美穂さんと海の家でエッチしたなんて話したら、香奈子さんも呆《あき》れるんじゃないかな？　それで、もしも円香さんに話が伝わったら……）

いきなりクビにはされないだろうが、さすがに円香も義弟を一つ屋根の下に置いておこう、とは思わないのではないか？

そんな不安が、智紀の脳裏をよぎる。

ただ、向こうから誘惑された結果とはいえ、年上の爆乳美女と身体の関係を持ったのは事実なのだ。そのことを誤魔化し続ける真似など、自分にはできそうにない。

「えっと……実は……」

智紀は意を決して、美穂と何があったかを正直に話すことにした。

二人がセックスまでした、という話を聞いたとき、香奈子は身体を起こして目を丸くし、驚きを隠せない様子だった。

しかし、智紀が話し終えたときには、呆れと安堵が入り混じったような大きなため息をつき、納得したような表情を見せた。

「はぁ～。そういうこと……」

「その、なんて言うか……」

「なーしむさ。智紀のほうからしたわけじゃないんだし、美穂ねーねーみたいな巨乳の美人に誘われたら、いきが《男》が断れないのはあたいめー《当たり前》だと思うし」

頭を掻いて、なんとか言葉を発しようとした智紀に対し、二歳上のポニーテール美女がそんなことを口にする。

まだ声は弱々しいものの、水分を取って身体を冷やしたことで、どうやら体調がかなり回復したようだ。

(うーん、怒られたりしなくてよかった……香奈子さんとは、別に付き合っているわけじゃないから謝るのも変だし、かと言って開き直るのも……何を言っていいのか、さっぱり分からないや)

こういうとき、自分の融通の利かない性格が恨めしく思えてならない。

そもそも、普段は円香や美穂が近くにいるため、香奈子と二人きりでこれだけ長く会話したのは初めてだった。そのことを意識すると、ますます何を話せばいいか分からなくなってしまう。

おかげで、なんとも言えない気まずい沈黙が、二人の間に生じる。

(どうしよう？　やっぱり、助手席に移動したほうがいいかな？　でも、この流れで移動するのも、なんだか避けている感じになりそうだし……)

智紀が、そんなことを考えていると、香奈子がしどけなく身体を横たえると、ややためらいがちに口を開いた。

「あ、あの……智紀、お願いがあるんやしが《だけど》？」

「えっ？　な、なんすか？」

「その……えっと、ここで美穂ねーねーと同じことをして欲しいの」

あまりにも唐突な言葉に、智紀は「はあ？」と素っ頓狂な声をあげていた。

爆乳美女と何をしたのか、正直に打ち明けたのだから、彼女が何を求めているのかは考えるまでもなく明らかである。しかし、どうしてこんなことを言い出したのか、それがさっぱり分からない。

「あ、あの、香奈子さん？　そういうことは、その、好きな人に言って……」

「わたし、智紀のこと前から好きだったさー」

「えっ？　えっ？　そうだったんすか？」

弱々しい彼女の告白に、智紀は戸惑っていた。

どちらかと言えば、香奈子にはやや敬遠されていると感じていたのである。それだけに、実は「前から好きだった」と今さら言われても困惑が先に立つ。

「ねーねーの結婚式で初めて会ったときから、智紀のことちゃー《ずっと》気になっていたの。やしが《だけど》、わたしのほうがしー《年上》じゃやだし、はじかさくてぃ《恥ずかしくて》上手く話せなくて……そのあとは会う機会がなかったし、やっと会えても孝幸にーにーのお葬式とか一周忌だったから……」

こちらの気持ちに気付いたらしく、彼女が言葉を続けた。

確かに、智紀自身も女性慣れしておらず、高校時代など心惹かれた相手がいても上手く話せず、むしろ意識しすぎて少しぶっきらぼうになることが多々あった。どうやら、香奈子も似たような性格だったらしい。

「で、でも……ここは車の中だし、今は昼間で……」

智紀は、そう不安を口にしていた。

もちろん、ここは業務用の駐車場なので、海水浴客が来ることはまずない。とはいえ、誰かに覗き見られるリスクは、雨でひと気のなかった海の家よりも遥かに高いだろう。

「むうっ。智紀のしかぼー《臆病者》。香奈子ぉに、恥をかかせる気？　もしかして、香奈子ぉのこと嫌い？」

「き、嫌いなんてことは……香奈子さんだって、美人だと思うし……でも、その、今は香奈子さんの体調のこともあって……」

「もう大丈夫さー。それとも、美穂ねーねーとはしたのに、香奈子ぉとはできないの？」

「そ、それは……」

まだ言葉に力強さはないものの、彼女から真剣な眼差しで見つめられて、智紀はこれ以上の言葉を続けられなかった。

このような誘惑を口にしたポニーテール美女の決意がどれほどのものか、言葉や目から否応《いやおう》なく伝わってくる。また、一人称が「わたし」から「香奈子ぉ」に変わっていることから、彼女も相当に緊張していることも分かった。

(女性のほうからここまで言われて断るなんて、むしろ失礼じゃないか？)

それに、これで拒むのは相手に「魅力がない」と言っているのと、同義になるのではないか？

そんな思いが、智紀の中に湧いてきた。

もちろん、好みのタイプでないのなら、たとえ誘われても拒んでいただろう。しかし、香奈子は充分に智紀のストライクゾーンに入っていた。正直、そのような相手からの誘惑に胸の高鳴りが抑えられない。

とはいえ、童貞の頃であれば好きな女性からのお誘いであっても、それに自ら乗る度胸などおそらくなかっただろう。

だが、今の智紀はたった一度とはいえ生の女体をまさぐり、膣内の感触を味わって中出しまで経験している。

加えて、先ほどまでバストの柔らかさを背中で感じつつ、興奮をなんとか我慢していたのだ。

この状態で誘惑されて自制できるほど、智紀は聖人君子ではない。

「……分かりました。それじゃあ」

と、智紀が横から顔を近づけると、香奈子は意外そうに目を見開いた。しかし、すぐにこちらの意図に気付いたらしく、目を閉じて唇を突き出すようにする。

そんな彼女の唇に、智紀は若干の緊張を覚えながら唇を重ねた。

途端に、香奈子の口から「んっ」と小さな声がこぼれ出る。

智紀はすぐに、ついばむようなキスをし始めた。

「んっ。ちゅっ、ちゅっ、ちゅば……」

音を立てながら、ひとしきり二歳上のポニーテール美女の唇を貪り、いったん唇を離す。

「ふはっ。はぁ、はぁ……でーじちむわさわさ～する《すごくドキドキしちゃう》。智紀とファーストキスできてえ……夢みたいさー」

唇が離れると、目を開けた香奈子が瞳を潤ませながら言う。

「えっ？　ファーストキス？」

智紀は驚き、思わず戸惑いの声をあげていた。

「いー《うん》……香奈子ぉ、今までいきが《男》と付き合ったことないから」

（ま、マジか……美穂さんがあんな感じだから、てっきり沖縄は女の人の経験が早いのかと……まぁ、香奈子さんの場合、それでも男慣れしているって感じはまったくしなかったけど）

しかし、キスすら初めてという、数日前の智紀と同じ未経験者だというのは、さすがに予想外である。

とはいえ、ここでやめるわけにもいくまい。と言うか、こちらも今さら行為を中断できるような状況ではなかった。

「えっと……もう一回、キスしますよ？　今度は、舌を入れていいっすか？」

やや困惑しつつ、智紀がそう声をかけると、

「し、舌？　あっ、いー《うん》……」

と、香奈子が一瞬だけまごついた表情を浮かべ、すぐに頷いて目を閉じた。そして、今度は口を半開きにする。

そこで、智紀はまた唇を重ねて舌を入れた。

「んっ……ンロ……んじゅ……」

智紀が舌を動かして舌を絡め取ると、意外なことに香奈子のほうも怖《お》ず怖ずとだが舌を動かしだした。初めての経験とはいえ、彼女も今どきの女性なので、おそらく智紀と同様にディープキスの仕方を、どこかで見知っていたのだろう。

そうして舌同士が絡み合うと、接点から心地よさが生じる。

もちろん、智紀もディープキスなど一度しかしたことがないので、爆乳美女のようにスムーズに舌を動かせなかった。当然、香奈子の舌使いはもっとぎこちない。

まるで、初心者同士のチークダンスのようにリズミカルとは程遠い行為だったもの

の、それでも二歳上のポニーテール美女と舌を絡めている事実に、智紀は激しい興奮を抱かずにはいられなかった。

4

智紀は、香奈子のTシャツを脱がし、パレオを外して濃紺のビキニの水着姿にすると、そこで動きを止めていた。

(な、なんか妙にエロく見える……)

彼女が着用しているのは、美穂や円香とは色違いながらも同じデザインのホルターネックのビキニである。したがって、胸はしっかり覆われているし、単色でデザイン的にシンプルなものだ。海水浴客が着用している水着と比べれば、地味と言っていい。

ただ、それ故に性的な行為を始めると、下着を見ているようなエロティシズムがあるように思えてならない。

何より、香奈子の白い肌と紺色の水着という色のコントラストが、牡の本能をやけに刺激してやまなかった。

智紀は、胸の高鳴りを覚えながら、彼女の水着の背中にあるフックを外し、それから首の結び目をほどいて、トップスを取り去った。

　すると、ピンク色の突起を携えた二つのふくらみが露わになる。

「うう……でーじはじかさっさ《すごく恥ずかしいよ》」

　こちらのなすがままになっていた香奈子が、胸を露出させた瞬間、そう口にしてバストを隠そうとした。

　しかし、智紀はそんな彼女の動きを、手で押さえた。

「綺麗っすよ、香奈子さん。もっと、見せてください」

「もう……あんだぐち《お世辞》だよね？　香奈子ぉ、美穂ねーねーみたいなちぃーまぎー《巨乳》じゃないし……」

　智紀の褒め言葉に、香奈子が表情を曇らせながら言う。

「えっと……多分、胸の大きさのことを言ったんだと思いますけど、それはそんなに気にしないでいいと思うっすよ」

　と声をかけてから、智紀は彼女にまたがった。そして、両手で乳房を包み込む。

　手が触れると同時に、香奈子が「あんっ」と甘い声をこぼした。

（うわぁ。これが、香奈子さんのオッパイの手触りか……）

　分かっていたが、やはり仰向けになっていることと、根本的な大きさの差でこのバストに美穂ほどの存在感はない。とはいえ、しっかりふくらんでいるし、弾力と柔らかさを兼ね備えた感触は手の平から伝わってくる。これはこれで、充分に魅力的と言っていいだろう。

「ああ、智紀のてぃー《手》が、香奈子ぉのちぃー《オッパイ》にぃ。はじかさやしが《恥ずかしいけど》、うっさんやー《嬉しいなぁ》」

香奈子が、独りごちるようにそんなことを口にした。

ただ、うちなーぐちがいささか強くなりすぎているため、智紀にはなんとなくしか意味が摑めない。とはいえ、表情や言葉のニュアンスから嫌がっていないことは伝わってくる。

「じゃあ、揉むっすよ？」

ひとまず、うちなーぐちを気にするのはやめて、智紀はそう声をかけると手に少し力を込め、優しく乳房を揉みしだきだした。

「あっ……んっ。んはっ、てぃー、んんっ、変なっ、あんっ、感じぃ。ふあっ、んっ、ああっ……」

愛撫に合わせて、ポニーテール美女も控えめな喘ぎ声をこぼしだす。

（こうしてみると、美穂さんのオッパイよりも弾力がある気がするな）

智紀は、指から伝わってくる感触を堪能しつつ、そんな感想を抱いていた。

大きさの差なのだろうか、香奈子のバストは指を沈めた際の反発力が初体験の相手よりも強い気がする。

智紀は、香奈子の反応を見ながら指の力を少し強めた。

「んあっ。んっ、あんっ……」

それに合わせ、彼女の声もやや大きくなる。だが、痛がるような素振りはない。

（どうやら、これくらいなら平気みたいだな。それにしても、美穂さんとしていなかったら、いったいどうなっていたんだろう？）

香奈子の様子を観察しつつ、智紀の脳裏にそんな思いがよぎった。

もし、爆乳美女との経験がなかったら、そもそもこうして手を出せなかったかもしれない。ただ、たとえ我慢できずに行為に及んでいたとしても、乳房を揉むときの力加減など気にする余裕はなく、力任せに揉みしだいて痛い思いをさせていたのは間違いないだろう。

そう考えると、あのときの経験が自分の大きな糧《かて》になっている、という実感が湧いてくる。

さらに乳房を愛撫していると、ピンク色の突起の存在感が先ほどまでより増してきたことに気付いた。

そこで智紀は、片手を離すと乳首にしゃぶりついた。

途端に、ポニーテール美女が「ふやんっ！」と素っ頓狂な声を張りあげる。

「ぷはっ。香奈子さん、声を抑えて」

「そ、そんなこと言われても、あったにちーぬくび《いきなり乳首》を吸われたから思わず……」

智紀が注意すると、香奈子がそんな弁解をした。

なるほど、確かに不意打ちで敏感な場所に口をつけられたら、驚いて声が出てしまうのも当然かもしれない。

もっとも、この反応を見た限り、たとえ乳首を舐められると分かっていても、声を抑えることはできなかった気はするが。

しかし、いくらここが一般向けの駐車場より人通りが少ないとはいえ、あんな声を出されては誰かに勘づかれるリスクが高くなるだろう。

「じゃあ、自分の手で口を塞いでくれるっすか？」

「あ……いー《うん》、分かった」

智紀の意図を察したらしく、香奈子が小さく頷いて手を自分の口に押し当てる。

（ふむ。これなら、ちょっとくらい激しくしても大丈夫かな？）

と考えた智紀は、再び乳首にしゃぶりつき、今度は舌で突起を弄《いじ》り回しだした。同時に、片方の手も動かしてふくらみを揉みしだく。

「んんーっ！　そんっ……んむっ、たーちっ……むんっ！　んぐっ、んんっ……！」

香奈子が口を塞ぎながらも、喘ぎ声の合間に言葉を発する。

ただ、嫌がっている様子はないので、おそらく舌と手による二種類の刺激が両方《りょうほう》の
バストからもたらされることに、戸惑っているだけなのだろう。

そう判断して、智紀はさらに愛撫を続けた。

「んむうっ！　んんっ、んんんっ！　んっ、むむんっ……！」

間もなく、香奈子がやや苦しそうな声をこぼしながら、両脚をモジモジさせ始めた。

そのため、智紀の腹に彼女の膝が当たるようになる。

（んっ？　どいて欲しいってことか？　いや、これは多分、違うな。あっ、もしかして……）

疑問を抱きつつ、一つの可能性に思い至った智紀は、いったん愛撫をやめて身体を
起こした。

すると、ポニーテール美女が手を口に当てたまま、「んふうう……」と安堵したよ
うな吐息を漏らす。

そんな彼女の下半身に目を向けると案の定、ビキニボトムの股間の中央に、うっす

らとシミができていた。

「んあっ。み、見ないで……」

こちらの視線に気付いた香奈子が、手を口から離してそう言って、脚を閉じようとする。だが、今は智紀の片足が彼女の脚の間に入っているため、完全に閉じるにはどちらかが身体を移動させるしかない。

「香奈子さん、ここ触るっすよ？　声を我慢してください」

と声をかけると、香奈子が慌てた様子でまた手で口を塞ぐ。

それを見て、智紀は水着の上から秘部に指を這わせた。

「あぁっ。智紀のぃーび《指》が、香奈子ぉのちぃー《オッパイ》にぃ。ホーミー《オマ×コ》にぃ」

指が触れるなり、ポニーテール美女がまた手を口から離してそう声をあげ、すぐにまた自分の口を塞ぐ。

それを見て、智紀は割れ目に沿って指を前後させるように動かしだした。

「んんーっ！　んっ、んっ、んむっ、んんっ……むうっ、んんっ、むふっ……！」

愛撫に合わせて、香奈子が声を殺しつつも艶めかしくよがる。

（香奈子さん、ちゃんと感じているみたいだな）

そう考えながら、さらに指を動かしていると、間もなく湿り気が増してきたのが感じられた。

そこで、水着をかき分けてみると、整った淡い恥毛に覆われた彼女の秘部が目に飛び込んでくる。

襞《ひだ》がやや出ていた美穂と違い、ポニーテール美女のそこはほぼ一本筋と言っていい形状をしていた。それが、彼女に男性経験がないことの証明であるように思えてならない。

しかし、割れ目から蜜が溢れている様《さま》は、まさに「女性」そのものと言える。

我慢できなくなった智紀は、そこに指を直接這わせた。

「んんんんっ！　じかにっ……んむっ、んむううっ！　んんんっ、んっ……！」

驚いたらしく、大声を出しかけた香奈子だったが、愛撫を始めるとどうにか手の力を込め直して声を殺す。

その様子を見ながら、智紀は秘裂を何度か擦《こす》って、それから指を割れ目に沈み込ませた。

途端に、ポニーテール美女が「んむううっ！」と声をあげ、おとがいを反らす。

その彼女の反応に構わず、智紀は肉豆を探り当てると、そこを指の腹で弄り始めた。

「んんんー！　んむっ、んっ、んぐううっ！　ふやっ、んんっ！　んむうっ！　ふむんんっ！　んむむっ、んんんっ……！」

たちまち、香奈子が口を押さえたまま顔を左右に振って、激しく喘ぎだす。

少し苦しそうに顔を歪めているが、これは感じているものの声を抑えなくてはならない、という我慢を強《し》いられているせいなのは間違いあるまい。

実際、源泉からは粘度を増した蜜が溢れ出し、指にネットリと絡みついてきている。

（本当なら、もうちょっとあれこれと愛撫してあげたかったんだけど……）

何しろ、いつ誰が来るかも分からない場所で、まだ体調が万全とは言えない相手としているのである。時間を短縮するため、敏感な部位をいきなり責めるのは、やむを得ないことだろう。

「んんっ！　とっ、智紀ぃぃ！　なーっ、香奈子《もう》ぉ！」

とうとう堪えきれなくなったらしく、香奈子が手を口から離して切羽詰まった声を車内に響かせた。

どうやら、そろそろ絶頂を迎えそうである。

だが、このまま声を出されたらさすがにマズイことになりそうだ。

そこで智紀は、愛撫を続けたまま身体を移動させた。そして、彼女の唇に顔を近づけ、そのままキスをする。

「んんっ⁉　んっ、んむうっ！　んむ、んんっ……んっ、んっ……」

唇が重なった瞬間、目を丸くした香奈子だったが、すぐに安堵したようにくぐもった喘ぎ声をこぼしだした。おそらく、口を強制的に塞がれたことで、むしろ安心したのだろう。

「んんんっ！　んむぐうっ！　んっ、んっ、んむうううぅぅぅぅぅぅ‼」

間もなく、二歳上のポニーテール美女が身体を強張らせて絶頂の声をあげた。

全身をヒクつかせ、噴き出した蜜が指をしとどに濡らした。

この状況から考えて、口を塞いでいなかったら、駐車場中に響き渡るような大声が出ていたかもしれない。

そうして、彼女の身体から力が抜けるのを待って、智紀はようやく唇を解放した。

「ふはあぁっ……はぁ、はぁ、イッちゃったさぁ。智紀に、イカされたぁ……」

頬を紅潮させた香奈子が、荒い息をつきながら弱々しい声でそんなことを言う。

その彼女の姿に、智紀は己《おのれ》の中に湧き上がった牡《おす》の本能を、もはや押しとどめることができなくなっていた。

5

「香奈子さん、本当に最後までしちゃっていいんすか？」

智紀がそう声をかけると、放心していたポニーテール美女がようやくこちらに目を向けた。そして、少し考え込む様子を見せてから、ハッとした表情を浮かべ、

「あいつ……えっと、いー《うん》」

と、恥ずかしそうに首を縦に振る。

どうやら、絶頂の余韻で頭が働いておらず、言葉の意味を瞬時には理解できなかったらしい。

とはいえ、了承は得られたので、智紀はサーフパンツを脱いで勃起した一物を露わにした。

(本音《ほんね》を言えば、先に一発抜きたいんだけど……)

しかし、初体験の香奈子に、しかも絶頂直後にいきなり奉仕をさせるのは、さすがに酷というものだろう。それに、美穂との経験があるとはいえ、智紀も初めての相手にフェラチオの仕方を教えるには未熟すぎる。

そこで、智紀はビキニショーツに手をかけた。そうして、ショーツを脱がすと、彼女の脚を広げて間に入る。

改めて香奈子の顔を見ると、彼女は目を丸くしてこちらを凝視していた。

「どうしたんすか、香奈子さん？」

「あっ。えっと……と、智紀のタニ《オチ×チン》……でーじ《すご》まぎー《く大きい》。そんなにまぎー《大きい》ものが、香奈子ぉのホーミー《オマ×コ》に入るの？」

ポニーテール美女が、我に返ったように不安を口にする。

「あの……やっぱり、やめます？」

一応、そう声をかけてみると、香奈子はすぐに首を小さく横に振って、

「うんじゅ《あなた》のタニ《オチ×チン》、香奈子ぉにいりてぇ《ちょうだい》」

と、目をギュッと閉じた。

そんな態度から、彼女の強い覚悟が伝わってくる気がする。

(ここまで言ってくれているんだから、こっちも最後までしてあげなきゃ)

そう決心して、智紀は秘裂に一物をあてがった。

「じゃあ……声、我慢してくださいね？」

と声をかけると、香奈子が手で口を塞いで身体に力を込めた。さすがに、かなり緊

張していたらしい。

（う～ん……こんなに身体をガチガチにしていたら、挿《い》れたときにかなり痛いんじゃないかな？）

あっさり受け入れた美穂との反応の違いに、智紀はそんなことを考えていた。

やはり処女では、経験豊富な爆乳美女のようにすんなりとはいかない、ということなのだろう。

（どうしよう？　このまま無理矢理押し込んで、あんまり痛がられるのも……あっ、そうだ！　あの手がある）

と、心の中で手を叩いた智紀は、ペニスの裏筋を秘裂に擦りつけるようにして、小さく腰を動かし始めた。

「んんっ？　ふあっ、あんっ、それぇ。ああっ、ホーミー《オマ×コ》、あんっ、タニッ《オチ×チン》、んはっ、擦れてぇ。んはっ、切なくなるぅ。あんっ、んんっ、むんんっ……」

戸惑いの声をあげた香奈子が、思い出したように慌てて再び口を塞ぐ。

とはいえ、今の言葉からも彼女が快感を得ているのは明らかだ。それに、その身体から少しずつとはいえ力が抜けていくのが分かる。

（美穂さんとしていなかったら、こんなことを思いつきもしなかっただろうなぁ）

改めて、そんな思いが心をよぎる。

胸への愛撫の力加減もそうだが、あの一度の経験が思っていた以上に智紀の心に余裕をもたらしてくれている気がした。

「んんっ、んむっ、あんっ、んんんっ……」

さらに腰を動かしていると、くぐもった声をあげるポニーテール美女の身体から力が抜け、新たな蜜が溢れ出してきた。

どうやら、刺激によって緊張がかなりほぐれたらしい。

そこで智紀は、腰を大きく引くと、秘裂に亀頭を押し込んだ。

「んんんんっ！」

途端に、香奈子がおとがいを反らし、再び身体に力を込める。

だが、こうなっては今さら後戻りはできないので、智紀は一物を奥へと進めた。

そうして先に行くと、間もなく侵入を阻《はば》む壁の存在に突き当たった。美穂としたときはなかったものなので、それが処女の証しなのは間違いあるまい。

(ここを破ったら、僕が香奈子さんの初めての相手に……だけど、本当に、僕なんかでいいのか？)

そんな不安に似た気持ちが湧いてきて、智紀は思わず動きを止めていた。

しかし、二歳上の美女は手の甲で口を塞ぎ、緊張した様子ながらも抵抗する素振りを一切見せていない。その姿からも、彼女の強い覚悟が伝わってくる気がする。

（ええいっ！　ここまでしておいてやめたら、それこそ香奈子さんに悪いだろう！　こうなったら、もうやるしかない！）

そう気持ちを固めた智紀は、腰に力を込めて一物を先に進めた。

すると、先端が何かを突き破る感触が伝わってきた。

「んんんんんんーっ!!」

香奈子がおとがいを反らし、苦悶の表情を浮かべて、塞いだ口からなんとも苦しそうな声を漏らす。

その様子を見ていると、つい動きを止めたくなってしまう。

（いや、だけど確か、中途半端《はんぱ》なところで止めるとかえって痛みが続く、とか何かで見たことがあったような……）

それに、こちらも浅いところで止めては、どうしていいか分からなくなりそうだ。

そのため、智紀は一気に腰を彼女の中に押し込んだ。

「んぐううっ！　あがあぁぁっ!!」

ペニスが根元まで入って動きが止まった途端、ポニーテール美女がとうとう我慢できなかったらしく、手の甲を口から外して甲高い声をあげる。

　ちなみに、「あがー」とはうちなーぐちで「痛い」という意味である。さすがに、破瓜《はか》の痛みは堪えられなかったらしい。

　しかし、彼女が声をあげたのは一瞬で、すぐにその身体から力が抜けていった。

「ふはあああ……あがー《痛い》……智紀のタニ《オチ×チン》ぃ、香奈子ぉのホーミー《オマ×コ》の中にぃ……」

　グッタリした香奈子が、吐息混じりに弱々しく苦しげな声を漏らす。

(うわぁ。香奈子さんの中、すごくキツくて、チ×ポを締めつけてくるぞ)

爆乳美女と膣内の感触が大きく違うことに、智紀は内心で驚いていた。

　もちろん、個人差があることは想像していたし、経験豊富な人間と処女では感触が違って当然だとは思う。

　しかし、美穂の膣内が肉棒に絡みつくような感じだったのに対し、香奈子の中はペニス全体に吸いついてくるような感じが強かった。初めての異物の挿入で狭い、ということを差し引いても、これだけ違いがあると、まるで別のところに挿れているような錯覚に陥《おちい》ってしまいそうになる。

　そうして、膣の感触を味わっていると、すぐにでも腰を動かしたい衝動が湧いてきた。だが、結合部から流れ出る赤いものを見ると、さすがに罪悪感を覚えて動くことができない。

「ねぇ、智紀？　また、ちゅー《キス》してぇ」

どうするべきか迷っていると、香奈子が涙目のままそう求めてきた。

そこで、智紀は彼女のリクエストに応じることにして、顔を近づけた。そして、ためらうことなく唇を重ねる。

「んっ。んむ、んじゅる……んむ、んっ……じゅぶる……んんっ……」

智紀が、口内に舌を入れて動かしだすと、ポニーテール美女もすぐに自ら舌を動かしだした。

（くうっ。チ×ポを入れたままキスをするのって、なんだか普通にするのと違う感じがするな）

舌を動かしながら、智紀はそんなことを思っていた。

何しろ、舌同士の接点はもちろんのこと、一物からもなんとも言えない心地よさがもたらされているのだ。それによって、興奮の度合いが増している気がしてならない。

そうして、いったいどれだけ舌を絡め合っていたか分からなくなるほどキスを続けてから、智紀はいったん唇を離した。

「ふはあ。はぁ、はぁ……ああ……智紀と、こうしててぃー《一っ》ちになって、ちゅー《キス》してえ……じゅんにうっさんや《本当に嬉しいなぁ》ー」

口が解放されるなり、香奈子が目を潤ませながら、うちなーぐちで感極まったように言う。

そんな彼女を見ていると、いよいよジッとしているのが辛くなってきてしまう。

「あの、動いていいっすか？」

智紀が訊くと、香奈子が「い、いー《うん》……」とやや自信なさげに頷く。

おそらく、初めてのことなので自分でも我慢できるか分からないのだろう。

「一応、また手で口を塞いでください。だけど、どうしても痛かったら、遠慮なく言ってもらえれば」

そう声をかけて、智紀は上体を起こした。

そして、ポニーテール美女が手の甲を口に押し当てたのを見てから腰を持ち、押しつけるようにゆっくりとピストン運動を始める。

「んんっ！　んぐうっ……くっ、んっ、んぐうっ……！」

手で塞いだ香奈子の口から、やや苦しそうな声がこぼれる。

「大丈夫っすか？」

「んむっ、ひーじー《大丈夫》……んあっ、大丈夫ぅ。んくっ、続けて……あんっ……」

手を口から離し、彼女がうちなーぐちを標準語に言い直して、再び口を塞いだ。だが、「大丈夫」と言っている割には、やや辛そうである。

そのため、智紀は押しつけるような腰使いを、そのまま続行することにした。

(なるほどな。確かに、こうすると無理に腰を引くよりもリズミカルに動けるし、奥を突くことにだけ集中できるぶん、動きが控えめになるからいいかも)

抽送を続ける智紀の脳裏に、そんな思いがよぎった。

美穂が騎乗位のときに教えてくれたことだが、ポニーテール美女の様子を見る限り処女にも充分に通用することだったようである。

しかし、これも愛撫と同じく、小柄な爆乳美女との経験がなければ、下手くそな腰使いで香奈子に痛い思いをさせていたかもしれない。そう考えると、改めて経験の大切さをしみじみと痛感する。

「んんっ。んっ、んむ……んふっ、んんんっ……」

しばらく慎重な抽送を続けていると、香奈子の抑えられた声に、どこか艶が感じられるようになってきた。

表情を見ても、最初の頃の苦しげな様子がなくなっている気がする。

(これなら、そろそろ少し強くしても大丈夫かな？)

そう考えて、智紀は腰の動きをやや大きくしてみた。

「んんーっ！　んっ、ふむっ、んあっ、んんっ、んふうっ……！」

彼女の声がやや大きくなり、一瞬だけ甲高い声がこぼれ出る。

だが、こうして反応を見た感じでも、辛そうな様子は特になかった。どうやら、もう抽送に慣れて、痛みをほとんど感じなくなったらしい。

(それはよかったけど……こっちが、もう限界かも)

智紀は、自分の腰に熱いものが込み上げ、射精へのカウントダウンが始まったことに気付いていた。

何しろ、事前に一発出さず、年上処女に対して愛撫から本番までしているのである。その興奮をここまで耐えただけでも、褒められていいのではないだろうか？

しかし、このまま自分だけ先に達するというのは、香奈子に申し訳ない気がする。

「あんっ。智紀、んんっ、どぅがししゃんよー？《どうしたの》」

迷いが表情に出てしまったらしく、彼女が手を口から離して訊いてきた。

「あっ、えっと……実は、もう出ちゃいそうで……」

動きを止めてそう返答すると、ポニーテール美女が一瞬、キョトンとした表情を浮かべた。が、すぐに何を意味しているのかを察したらしく、目を大きく見開く。

「……智紀、イキそうなの？」

「はい。でも、このままじゃ中に……」

と智紀が答えると、彼女は意を決した表情になって言葉を続けた。

「あの……智紀が出したいなら、中にサニ出《せい》《し》してもいいさー。香奈子ぉは、そのほうが嬉《しい》うっさんさー」

（えっ？　ほ、本当にいいのかな？）

さすがに、智紀は内心で驚きと疑問を抱かずにはいられなかった。

もっとも、香奈子も成人に達している今どきの女性である。ましてや、セックスの知識があるのに中出しの意味やリスクに関して無知、ということは考えにくい。

それでも求めてきたのは、彼女が好きな相手との初体験を最高の思い出にしたい、と考えているからではないか？

そう思うと、次第に躊躇の気持ちが失せていく。

何より、こちらも我慢の限界が近いのだ。女性が「中に出してもいい」と言っているのだから、遠慮する必要などないのではないだろうか？

射精へのカウントダウンが始まり、冷静な判断力を失っていた智紀には、二歳上の美女の言葉が助け船のように思えた。

「じゃあ、このまま最後までするっすよ？」

そう言って、智紀は上体を倒して彼女と身体を密着させた。それから、腰だけ荒々しく動かしだす。

もっと激しくすることもできるだろうが、何しろここは車の中である。あまり大きく動くと車が揺れて、外からでも車内で何をしているかバレバレになってしまうかもしれない。そのリスクを減らすには、この体勢で腰だけ動かすのがベストだろう。

「あっ、あんっ、あんっ……！」

香奈子が甘い喘ぎ声をこぼし、首に腕を回してきた。同時に、腰にも脚を絡みつけてくる。これだけで、中出しを求める彼女の気持ちが本物だと分かる。

そして、智紀は彼女とまた唇を重ね、その喘ぎ声を抑え込んだ。

「んんっ！　んっ、んむっ、んっ、んっ……！」

そうして、彼女の匂いを感じながら腰を動かし続けていると、いよいよ射精感が限界に近づいてくる。

「んっ、んっ、んんんんんんんっ!!」

途端に、香奈子が唇を重ねたままくぐもった声をあげて身体を強張らせた。どうやら、先に達してしまったらしい。

同時に、膣肉が激しく収縮し、ペニスに甘美な刺激がもたらされる。

それがとどめになって、智紀は彼女の中にスペルマを発射した。

「んんんっ！　んむうううっ！」

香奈子はキスをしたまま、目をギュッと閉じて身体に力を入れてくぐもった声を上げ続けていた。おそらく、精液が子宮に注がれているのを感じているのだろう。

そうして、長い射精が終わると、それに合わせて彼女もグッタリと虚脱して四肢を床に投げ出した。

「ぷはっ。はぁ、はぁ……」

「はあああ……はぁ、ふはあ……」

智紀が唇を離して荒い息を吐くと、ポニーテール美女も放心した様子で大きく息をつく。

腰が解放されたので一物を抜くと、赤いものが混じった白濁液がかき出されて、床に白い水たまりを作る。

「んはあ……香奈子ぉ、智紀とまじゅん一緒《いっしょ》にイケて、中にあちさんサニ熱い精子《あっついせーし》をいっぺー注がれてぇ……でーじ《すごく》幸せさー……」

香奈子が、そんなことを口にした。なんとも満たされた様子のその表情を見ても、今の言葉が本心からのものだということが伝わってくる。

（ああ……僕、本当に香奈子さんとしちゃったよ。しかも、処女をもらって……）

つい流されて最後までしてしまったが、本当にこれでよかったのだろうか？

射精の余韻に浸りながらも、智紀はそんな思いを拭えずにいた。

6

その日も朝から快晴で、海水浴場には午前中から大勢の人が訪れていた。海の家エメラルド・オーシャンにも、テイクアウト客はもちろんイートインまで客がひっきりなしにやって来るため、智紀も香奈子もてんてこ舞いである。

いや、それでも二日前の午前中までならば、おそらくこの状況もなんとか乗り切れただろう。ところが今は……。

「かーなー、三番の焼きそば二丁、できたさー！　智紀、一番の沖縄そばの用意、ゆたしく《よろしく》！」

厨房から美穂の指示が飛び、二人は同時に「はい！」と応じて、それぞれ動きだした。が、同じ方向だったために動きが重なって、肩と肩が触れる。

途端に、香奈子が「ひゃんっ！」と素っ頓狂な声をあげ、飛び退《の》くようにして智紀から離れた。しかし、あまりにも反射的な行動だったせいか、バランスを崩してそのまま尻餅をつき、「あがーっ《痛い》！」と声をあげて顔を歪める。

「だ、大丈夫っすか、香奈子さん？」

智紀が慌てて声をかけると、彼女はオドオドした様子ですぐに立ち上がり、

「あ、えっと、ひーじー《大丈夫》。ありがとう」

と、うちなーぐちを丸出しにして言いながら、すぐに目を逸らす。

「なー《もう》。かーなー、何してるの？　ああ、どうせ手を洗うんだから、沖縄そばはそのままかーなーがして。三番の焼きそばは、智紀が運んでちょうだい」

「わっさいびーん《ごめんなさい》。しぐ《すぐに》やるさー」

美穂の声にそう応じて、香奈子はポニーテールを揺らしながら、逃げるように厨房へ引っ込む。

智紀も、「はい」と爆乳美女の指示に従いつつ、

（香奈子さん、やっぱり一昨日のことを意識しすぎているんだろうなぁ。昨日も今日も、さすがに挙動不審すぎるよ）

と、焼きそばが載ったトレイを手にしながら、内心で肩をすくめていた。

車の中であれだけ大胆だったのに、いったいどうしてしまったのかと思ったが、どうやらあのときは熱中症の影響で、元気そうに見えても意識レベルが低下していたらしい。つまり、理性の抑制が利かなくなっていたようである。行為中にうちなーぐちが多めだったのも、それが原因だったのだろう。

しかし、泥酔したのとは違って自分が何を口走り、さらに何をしたのか、という記憶はしっかりあった。そのため、快復して普段の思考力を取り戻した途端、穴があったら入りたいほどの羞恥心に苛《さいな》まれたようである。

もっとも、社用車の中で男を求め、処女を捧げた上に中出しまで許してしまったのだから、恥ずかしく思う気持ちも分かるのだが。

ただ、おかげで二歳上のポニーテール美女は、智紀と目が合うだけで顔を赤くし、先ほどのように仕事中に偶然肩が触れ合っただけで激しく動揺し、といった具合に、すっかり挙動がおかしくなってしまったのである。そのせいで、昨日も今日も全体的に仕事の効率が落ちて、客の回転率にも少なからず影響が出ていた。

かと言って、全面的に智紀を避けているわけではなく、こちらをいちいち気にしているのは明らかだった。特に、円香や美穂と話していると、なんとも複雑そうな表情を見せるのである。

もちろん、智紀のほうもほんの二日前に肉体関係を持った女性と一緒に働くことに、恥ずかしさを感じてはいた。それでも、香奈子ほど挙動不審にならずに済んだのは、彼女があまりに酷すぎて逆に冷静になったことと、先に三歳上の爆乳美女と経験していたおかげで、少なからず開き直れていることが大きいだろう。

(そりゃあ、僕は香奈子さんの初めての相手になったんだし、責任の大きさは感じているけど……)

しかし、智紀は二歳上のポニーテール美女に交際を申し込んでいなかった。

美穂とは違い、彼女は智紀に思いを寄せてくれていたので、こちらが交際を口にすれば断ることはあるまい。

だが、智紀自身は香奈子に対して恋愛感情と言えるほどのものを抱いているのか、と問われると正直、素直に首を縦には振れなかった。

もちろん、美人で円香や美穂ほどではないがスタイルもよく、真面目でハキハキしていて、とても素敵な異性だとは思っている。ただ、そういう意識で言えば、多少なりとも付き合いが多い兄嫁のほうに、より魅力を感じているのだ。

(こんな中途半端な気持ちで交際を申し込んでも、かえって女性に失礼な気がする。それに、もしかしたら香奈子さんが妙な罪悪感を抱いて、僕に処女をあげたことを後

悔するかもしれない）

爆乳美女に交際を断られた経験から、智紀はそのように考えていた。

おそらく、この考えは間違っていまい。

香奈子の性格は、どこか智紀自身と似ている。そうであれば、こちらが処女をもらった責任感で交際を申し込んだりしたら、彼女も気を使って逆に関係がギクシャクしてしまう可能性が高い。

だとしたら、しばらく間を空けて、お互いに頭を冷やしたところで結論を出すべきだろう。

そんなことを思いながら、智紀はなんとか気持ちを切り替えて、自分のなすべきことに専念した。

結局、その日はテイクアウト利用者がメインだったこともあり、イートインの回転率は良くなかったものの、売り上げに大きな影響はなく終業時刻を迎えたのである。

そして、智紀たちは店の後片付けを終えると、社用車を置いている駐車場に向かうことにした。

少し前まで、片付けを終えたあと智紀が一泳ぎしている間に、円香たちは店の奥にあるシャワーで軽く汗を流し、水着から普段着に着替えていた。

しかし、さすがに智紀も泳ぐのに飽きてきたため、ここ数日は閉店後の片付けが終わると、四人とも水着のままで早々に帰宅し、シャワーと着替えは家で済ましている。そうして、一行が荷物を車に積み込み、円香が運転席に座ろうとしたとき、彼女のスマートフォンの着信音が鳴った。

画面を見て相手を確認した兄嫁が、目を丸くしてから電話に出て話をしだす。

その会話は、かなり強めのうちなーぐちだったため、智紀には義姉が何を言っているのかほとんど理解できなかった。ただ、口調から考えて相手が親しいうちなんちゅなのは間違いあるまい。

間もなく、円香は通話を切ってから申し訳なさそうにこちらに目を向けた。

「わっさいびーん《ごめんなさい》。わたし、家に帰ったら、しぐ《すぐに》出かけるさー」

「ねーねー、何かあったの？」

と、香奈子が心配そうに訊く。

「大したことじゃあらん《ない》さー。今の電話、高校時代のどぅし《友達》の奈津《なつ》で、近くに来たから久しぶりにご飯でも食べないかって。年賀状で近況は知っているんやしが《だけど》、なー《もう》六年くらい会ってなかったから……」

「そういうことなら、あたしたちのことは気にしないでいいさー。晩ご飯なら、あたしが作るし」

済まなそうな円香に対して、美穂が肩をすくめてあっけらかんと応じる。

六年ぶりの友人から食事に誘われたとなれば、断りにくいのも当然だろう。

「美穂ねーねーの言うとおりさー。よんなー楽《ゆっくり》しんできて」

「そうっすね。せっかく久しぶりの友達が連絡してきたんだし、僕らのことは気にしないで行ってきてください」

香奈子と智紀がそう背中を押すと、兄嫁がようやく笑みを浮かべた。

「それじゃあ、お言葉に甘えて。帰ったらお風呂に入って、しぐ《すぐ》に出るから」

と言って、円香が運転席に乗り込む。

そして、しばらく車を走らせて帰宅すると、彼女は荷物を下ろすのも智紀たちに任せて、慌ただしく二階の自室に向かった。

いくら旧友に会うだけとはいえ、さすがにTシャツにジーンズのズボン、しかも中が水着のまま、というわけにはいくまい。それに、炎天下で一日働いて汗もかいている上に、海の近くにずっといたため潮風で髪がパサついている。久しぶりの友人と会うのならそれらをどうにかしたい、と思うのは女性でなくても当然だろう。

智紀たちが、荷物を下ろし終えてリビングに入ると、兄嫁がバタバタと二階から下りてきて浴室に向かう足音が聞こえてきた。

本来なら、円香が入浴している間に、智紀たちも仕事用の格好から私服に着替えるべきだったのかもしれない。だが、この状況で二階へ着替えに行くのも気が引ける。

それに、一日仕事をしていたのは自分たちも同じなので、どうせ着替えるならついでにシャワーも浴びたい。

(だけど、いつもなら僕が最初に入って、次に円香さんか美穂さんで、最後が香奈子さん、って順番だからなぁ)

先日まで処女だった香奈子は、智紀が自分の前後に入浴することを恥ずかしがっていた。そのため、智紀が最初に入浴し、男性経験がある円香か美穂が次に入るというのが、すっかりパターン化していたのである。

しかし、今回のように順番が崩れると、このあとどうしていいか分からなくなってしまう。もしも、次に智紀がシャワーを浴びるとしたら、兄嫁が使った直後の浴室を使用することになる。

(円香さんの匂いとか、浴室に残っているのかな？　そうでなくても、女の人が使った直後の浴室なんて……)

そんなことを考えて、智紀が胸を高鳴らせていると、間もなくワンピースに着替えた円香がリビングに顔を出した。そして、「あとはゆたしく《よろしく》」と言って、慌ただしく出て行く。

　すると、気持ちが緩んで、思わず「はぁー」と吐息が出た。

　こちらは何をしていたわけでもないのだが、慌ただしくしている人間が近くにいると、なかなか自分だけリラックスする、というわけにいかない。

　それは、香奈子と美穂も同じだったのか、円香が家から出るまでやや落ち着かない素振りを見せていたが、今は安堵した表情を浮かべている。

　ただ、一息つくと智紀は今さらのように一つの事実に気付いた。

(僕、美穂さんとも香奈子さんともエッチしているんだよな……)

　肉体関係を持った二人が目の前にいる、という事実を意識すると、また気持ちが落ち着かなくなってきてしまう。

「え、えっと、お風呂の順番どうしましょうか？　今回は、僕が最後のほうがいいっすかね？」

　智紀が、動揺を誤魔化すようにそう口にすると、

「なぁに？　智紀、かーなーのあとにお風呂に入りたいの？　ふふっ、はごーさん《いやらしい》」

と、美穂が謎めいた笑みを浮かべながら切り返してきた。

「なっ……美穂ねーねー、ぬー言《何》っているのさ!?」

慌てふためいた様子で、香奈子が口を開く。

「い、いや、その、そういう意味じゃなくて……単に、円香さんが入ったあとだから、今回は僕が最後のほうが、と……」

「今さら、そんなこと気にしても仕方がないんじゃない？　智紀とかーなー、もう男女の関係になっているんでしょう？」

こちらの言い訳を遮《さえぎ》るように、美穂がそう指摘した。

爆乳美女の言葉に、智紀と香奈子は同時に「えっ!?」と驚きの声をあげてしまう。

すると、彼女は呆れたように肩をすくめた。

「はぁ。あれで、バレていないと思っていた？　一昨日、智紀が車に連れて行ったあとから、かーなーの態度が明らかにおかしかったんだもの。それに、一昨日の夜とか昨日とか、なんとなく歩きにくそうにしていたし。ちょっと注意して見ていれば、何があったかなんてしぐ分《すぐに》かるさー。車の中で、ホーミー……セックスしたんでしょう？」

どこかからかうような美穂の言葉に、智紀と香奈子は顔を見合わせ、それから互いに視線を逸らして沈黙した。

二歳上の美女は、気まずそうな表情で赤面し、ポニーテールを手で自分の顔に巻き付けるようにしながら俯《うつむ》いている。さすがに、一歳上の幼馴染みにこれほど見事に関係を看破《かんぱ》されるとは、考えてもいなかったのだろう。

もっとも、彼女の態度は智紀から見ていてもあからさまにおかしかったので、誤魔化すならもう少し平静を装って欲しい、という気持ちはずっとあったのだが。

「それで、かーなーはあたしと智紀のことは知っているの？」

「あっ、それは……はい。その、すみません、話しちゃって」

美穂の質問に、智紀はそう言って頭を下げた。

「あい、別《ああ》にいいさー。どうしても、秘密にしておきたかったわけでもないし」

あっけらかんとそう応じて、爆乳美女が隣の香奈子を見る。

「それで、かーなーはこれから智紀とどうなりたいの？　昨日とか今日とか、智紀のことを避けていたでしょう？　まぁ、初めてだったんだから相手を意識しすぎるのは仕方がないとは思うやしが《けど》。でも、ずっと今のままってわけにはいかないでしょう？　それに、智紀は海の家が終わったら東京に戻っちゃうわけだし、ひと夏だけの関係でいいのか、それとも今後もいい関係を続けたいのか、とか考えないといけないと思うわけさー」

幼馴染みの指摘に、いったん顔をあげた香奈子が、「それは……」と言葉に詰まって再び俯いてしまう。

(多分、今の香奈子さんには、先のことを考える余裕なんてないんだろうな)

この智紀の予想は、おそらく正鵠《せいこく》を射ているだろう。

何しろ、ほんの二日前に処女を喪失したばかりなのだ。しかも、デートなどであれば、そうなる心構えもできたのだろうが、香奈子の場合は不測と言ってもいい流れで、しかも自身の思考力が少し鈍った状態でのことだったのである。そのような状況で初めてを捧げて、すぐにこれからのことを考えられる女性など、おそらくそうはいないだろう。

もっとも、そんなことは美穂もお見通しだったらしく、肩をすくめて言葉を続けた。

「まぁ、かーなーは真面目だから、しぐ割り切《すぐに》ったり先のことを考えたりするのは、なかなか難しいとは思うやしが《けど》。でもさ、時間は限られているんだから、モタモタしていたら有効に使わないと、あっという間に夏が終わっちゃうわよ?」

「……そ、そんなこと言われても……香奈子ぉ、どうしていいのか分からんし……」

幼馴染みの指摘に、香奈子が消え入りそうな声で言う。

それを聞いた美穂が、「はぁ～」と大きなため息をついた。

「かーなーがそんな調子だと、智紀も苦労するさー。こうなったら……」

そう言うなり、爆乳美女が立ち上がって智紀の前に移動してきた。そして、ソファにまたがるなり顔を近づけ、唇を重ねてくる。

「んっ。ちゅっ、ちゅば……」

美穂が、音を立てながらこちらの唇をついばみだす。

香奈子はというと、目を大きく見開いて、絶句してその場で凍りついていた。

もっとも、それも仕方のないことだろう。智紀のほうも、あまりにも唐突な爆乳美女の行動に思考回路がショートして、彼女を振り払ったりできずにされるがままになっていたのだから。

「んんっ。んじゅる……んむ、んむ、んろ……」

美穂は、さらに舌をねじ込んできた。そして、智紀の舌を絡め取るように自分の舌を動かしだす。

すると、接点からなんとも言えない心地よさを伴った性電気が発生する。

その快感によって、智紀の思考はますます麻痺してしまった。

加えて、潮と汗の香りが爆乳美女の身体から鼻腔に流れ込んできて、その柔らかな身体の感触や体温もはっきりと感じているのだ。

不意打ちでこれだけの情報を脳に送りこまれては、まだセックスビギナーと言ってもいい人間が、冷静さを保てるはずがあるまい。

ひとしきり舌を動かして、それから彼女はようやく「ふはっ」と声をあげて唇を離した。

「ぷはあっ。はぁ、はぁ……み、美穂さん、いきなり何を？」

唇を解放された智紀は、息を切らしながらどうにか疑問を口にしていた。

「えっとぉ、かーなーが何もしないんなら、あたしが智紀をもらっちゃおうかなぁ、と思ったさー。智紀はないちゃーだし、チ×チンも大《おお》きくてホーミー……セックスも気持ちよかったし、あたしから見てもけっこう優良物件だと思うわけ」

妖しげな笑みを口元に浮かべながら、美穂がそう応じて香奈子のほうに目を向ける。

(だったら、僕が交際を申し込んだときに、ＯＫすればよかったのに)

と思ったが、その表情や態度を見る限り、彼女は言葉ほど本気ではないようだ。おそらく、大半は一歳下の妹のような存在への挑発のつもりなのだろう。

そのポニーテール美女はというと、呆然とした表情でこちらを見ていた。

何しろ、二人が関係を持ったことを知っていたとはいえ、姉のような幼馴染みが突然、目の前で好きな男に濃厚なキスをしだしたのだ。茫然自失になるのは、当然かもしれない。

　すると、美穂が智紀の下半身に目を向けた。

「ふふっ。智紀のチ×チン、今のキスだけでもうでーじまぎく《すごく大きく》なって……ちゃんと、興奮してくれたんだぁ？　ねぇ？　あたしのちぃ……オッパイ、また智紀の好きにしていいさー」

　そう言って、童顔の爆乳美女が顔を上げ、熱っぽい目で改めて見つめてくる。

　それが本気なのか演技なのか、智紀には判断がつかなかった。演技だとしたら、まさに迫真と言う他はあるまい。

（けど……香奈子さんの前だけど、これを我慢するのは辛すぎる！）

　既に、女体を知る牡の本能が牝を求めだしており、智紀は湧き上がる欲望を抑えられなくなっていた。

　もっとも、ディープキスに加えて女性のぬくもりと感触と芳香を感じているのだから、こうなるのは当然と言えるだろうが。

　もしも、この半端な状態でやめられたら、自室で抜きたくなるのは間違いあるまい。

だが、セックスの快楽を知って間もない人間としては、せっかく美女から誘われているのに、それを拒んで自室で自慰に耽《ふけ》るなど、あまりに勿体《もったい》ないことに思えてならなかった。

「ううっ……美穂ねーねーのふらー《馬鹿》！　香奈子ぉだって、智紀のこと好きなんだから！　美穂ねーねーになんて、かんなじ《絶対に》負けねーさー！」

と、香奈子が勢いよく立ち上がった。どうやら、堪忍袋の緒が切れたらしい。

二歳上のポニーテール美女は、こちらにやってくると横から智紀の頬に両手を当てた。そして、自分のほうを向かせると、そのまま目をつぶってこちらの唇に唇を押しつけてくる。

「んんっ。んっ、んっ……」

彼女の行為は、「キス」と呼ぶにはいささか稚拙だった。しかし、あの香奈子が自分から唇を重ねてきたのである。

そのことに、智紀は驚きと興奮を覚えずにはいられなかった。

7

「そう。かーなー、チ×チンをもっと大胆に舐め上げて」

「んんっ。ち、チ×チンとか言わないでぇ。レロ、レロ……チロロ……」

美穂の指示を受け、文句を言いつつも香奈子の舌使いが若干ながら大きくなる。

「くうっ。そ、それ……ううっ！」

一物からもたらされる快感が増して、智紀は思わず呻き声をこぼしていた。ソファに座っていなかったら、腰が砕けてへたり込んでいたかもしれない。

今、ソファに座った智紀の足下には、Tシャツとパレオを脱いでビキニの水着姿になった二人の美女が跪《ひざまず》いていた。そして、美穂のアドバイスを受けながら、香奈子が分身に舌を這わせているのである。

香奈子の舌使いはぎこちないので、童顔の爆乳美女にされたときより性電気は弱めである。しかし、二歳上のポニーテール美女にとって初めてのフェラチオ奉仕を受け、それを他の女性が横から指導しているというシチュエーションが、なんとも言えない興奮をもたらしてくれる気がしてならなかった。

ちなみに、こういうことになったのは、当然の如く爆乳美女のせいである。

彼女は、一歳下の幼馴染みが初体験では熱中症の影響もあり智紀にされるがままで、自分からは何もしていないと知るや、悪戯を思いついた子供のような笑みを浮かべた。

「それなら、今日はかーなーが智紀にクウしてあげなきゃ」

「えっ!?　クウって……そ、そんなこと……」

美穂の提案に、香奈子が驚きの声をあげつつ躊躇する素振りを見せる。

クウ、すなわちフェラチオという行為に関する知識はあっても、自分がすることに抵抗を抱いているのは間違いあるまい。

「あの、無理にしなくても……」

と、智紀が口を開きかけると、それを遮るように爆乳美女が言葉を続けた。

「かーなー？　クウれもしないで、よくあたしに『かんなじ負《絶対に》けない』なんて言えるわねぇ？　しょせん、かーなーの思いなんてその程度なんだ？　だったら、あたしが智紀をもらっちゃうわ。あたしは、もうホーミー《オマ×コ》だけじゃなく口でもオッパイでも、智紀のことを味わっているし。これからは、このまぎー《大きい》チ×チンを独り占めさせてもらうさー」

そう言って、美穂が智紀の下半身に手を伸ばす。すると、

「えっ？　あっ、だ、駄目さー！　香奈子ぉ、智紀のこと本気で好きなんだから！　クウるくらい、香奈子ぉにもできるもん！　美穂ねーねーだけに、いい思いはさせないんだから！」

慌てた様子で香奈子が叫び、幼馴染みを制止した。

「ふふっ。だったら、ふぇー《早く》くしてあげなきゃ。智紀のチ×チン、切なそうにヒクヒ

クしているの、水着越しでも分かるさー」

このようなやり取りの末に、ポニーテール美女は美穂の指導の下で初の奉仕に挑みだしたのである。

（それにしても、美穂さんがあんなことを言ったのは　絶対に香奈子さんをフェラチオに誘導するためだよなぁ）

肉棒からの快感に浸りながら、智紀はそんなことを思っていた。

嫉妬を煽って、意図した行為を相手にやらせるその話術には、ただただ驚嘆するしかない。たとえ、爆乳美女と口喧嘩をしたとしても、おそらくこちらに勝ち目はまったくないだろう。

「それじゃあ、今度はチ×チンを口に入れて。最初は、無理に根元まで入れなくていいから。智紀のチ×チンはまぎー《大きい》し、半分が目標かな？」

「レロロ……ふはっ。こ、これを口に……」

美穂の指示を受け、肉棒を舐めていた香奈子が舌を離して、少し怯えた表情を浮かべた。さすがに、やや腰が引けているらしい。

しかし、彼女はすぐに意を決したように「あーん」と口を大きく開けた。そして、恐る恐るという様子で口を一物に近づける。

間もなく、ポニーテール美女の温かな口内の感触が分身から伝わってきて、智紀は「ふあっ」と思わず声を漏らしていた。

彼女の行動は、慎重と言うよりおっかなびっくりだった。が、そうして陰茎をゆっくり口に入れていく様は、何やらこちらが無理矢理させているような加虐的な感じがしてしまう。おかげで、美穂にされたときには感じなかった奇妙な興奮が湧き上がってくる。

(僕には、そういう趣味はないはずなんだけどな)

そんなことを思っていると、ペニスを半分ほど含んだところで香奈子が「んんっ」と声を漏らして動きを止めた。

さすがに、初めてではここらへんが限界らしい。

「かーなー、ちばった《頑張った》わねぇ。じゃあ、できる範囲でいいから、よんなー《ゆっくり》顔を動かして。チ×チンに、歯を立てないように気をつけてね」

美穂が、一歳下の幼馴染みの頭を撫でながら、そう指示を出す。

それを受けて、香奈子は「んんっ」と小さく声を漏らし、ゆっくりとストロークを始めた。

「んっ……んむ……んんっ……んじゅ……」

「ううっ。それ、気持ちいいっす」

行為が始まるなり、肉茎から快感がもたらされて、智紀はそう口にしていた。

もちろん、美穂と比べれば小さくぎこちないストロークである。だが、それでもあのポニーテール美女が懸命にペニスを咥え、髪を揺らしながら顔を動かして初めての奉仕をしてくれている、という事実が充分な心地よさに繋がっていた。

この興奮は、セックス慣れしている相手とでは、絶対に得られないものだろう。

そうして、フェラチオ処女の奉仕を味わっていると、すぐに智紀の中に射精感が湧き上がってきた。

（くうっ、もうヤバイ。まぁ、前に香奈子さんとしてから、一発も抜いてなかったし、仕方がないんだろうけど）

そう考えて、智紀が限界を口にしようとしたとき、香奈子が「んむっ」と声を漏らして肉棒を口から出した。

「ぷはっ。はぁ、はぁ……」

と、彼女が熱っぽい目で一物を見つめながら、荒い息を吐く。どうやら、呼吸をしっかりできなかったらしい。

すると、美穂が横からペニスに顔を近づけた。

「先走りが出ているさー。かーなー？　智紀もちけー限界《もうすぐ》みたいだから、最後はタイ《二人》でしようね？」

と言うと、彼女は幼馴染みの返事も聞かずに、横から亀頭に舌を這わせだした。

「んっ。レロ、レロ……」

「うおっ。み、美穂さん……」

慣れた舌使いで先端部を刺激され、智紀は発生した快感の大きさに思わず裏返った声をこぼしていた。

「えーっ！　美穂ねーねー！」

年上の幼馴染みの行動に、香奈子が非難めいた声をあげる。

だが、「タイ《二人》で」と言われたことをすぐに思い出したのか、彼女は「はぁ」と小さな吐息を漏らし、美穂とは反対側から亀頭に舌を這わせてきた。

「んふっ。チロ、チロ……」

「くほおっ！　あうっ、こっ、これっ……はうっ、気持ちいいっす！　くううっ！」

二枚の舌による鮮烈な性電気が分身からもたらされて、智紀はおとがいを反らして大声を出していた。

単独のフェラチオでも充分に気持ちいいのに、それを二人がかりでされると快感がいっそう増す。ましてや、行為に慣れた美穂の舌使いと不慣れな香奈子の舌使いでは、刺激がまったく異なるのだ。それが同時にもたらされることで、新たな心地よさが生みだされている気がしてならない。

「あぁっ。も、もう出る！」

たちまち限界を迎えた智紀は、そう口走るなり二人の顔面に白濁のシャワーを浴びせていた。

「はぁぁん！　いっぱい出たぁ！」

「ひゃん！　あちさん《熱い》の、顔にかかるぅ！」

美穂と香奈子が、目を閉じながらそんなことを口にしつつ、スペルマを浴び続ける。

「はあぁ、変な匂い……それに、なんだかむちゃむちゃするぅ《ベタベタする》。やしが《だけど》、サニでーじ《精子すごく》いっぺー《沢山》出たぁ」

精の放出が終わると、二歳上のポニーテール美女が恐る恐るという様子で目を開け、そんなことを口にした。

「ふはあ。本当に、すごい量。よっぽど溜まっていたのね？　それとも、ダブルフェラが気持ちよすぎた？」

美穂も目を開け、からかうように言う。

とはいえ、智紀は彼女たちの言葉に何も返答することができなかった。

顔に自分の精液を付着させた二人の美女の姿が、なんとも妖艶に見えて、大量に発射したというのに興奮が収まる気配がまったくない。

「智紀のチ×チン、まだまぎー《大きい》ままね？　はぁ、あたしも、もう我慢できないさー。ふぇーく《早く》そのぐでー《たくましい》モノを、あたしにちょうだぁい」

「あいっ。美穂ねーねー、ちむはごー《ズルイ》！　智紀、香奈子ぉにも、その、オチン……タニ、挿れて……欲しい」

美穂に対抗して、ポニーテール美女も恥ずかしそうに言った。ただ、「オチ×チン」と言おうとして、わざわざ「タニ」と言い換えたところに、まだ彼女の羞恥心が感じられる。

（しかし、これはどっちかを先にして、どっちかをあとにするってわけにはいかないかな？）

二人の様子から、智紀はそう考えていた。

実際、どちらも秘部から蜜を溢れさせており、共にダブルフェラで相当に興奮していたことが窺《うかが》える。この状況で先に一人だけと行為に及んだら、もう片方から不興を買うことになるだろう。

だとしたら、いささか自信はないものの、やれる手は一つしか思い浮かばない。

「じゃあ、二人ともソファの背もたれに手をついて、お尻を突き出すようにしてください」

智紀のその指示に、香奈子が「あきさみよー」と困惑の表情を浮かべた。

彼女が口にしたこの言葉は、うちなんちゅが驚いたときなどによく言うものである。

一方、美穂はこちらの意図を察したらしく、

「ふふっ。智紀、面白いことを考えるわねぇ？」

と笑みを浮かべながら言って、ビキニボトムを脱ぎ捨てて下半身を露わにした。そして、指示どおりの体勢になる。

それを見て、ポニーテール美女も慌てた様子でビキニボトムを脱ぎ、幼馴染みの隣に移動して同じ体勢を取った。しかし、初めての体位ということもあるのか、いささか恥ずかしそうにしている。

智紀は二人の背後に移動し、突き出された二つのヒップを見つめた。

美穂のほうが、背は小さいもののお尻の肉付きはいい。とはいえ、香奈子のヒップは引き締まっていて、これはこれで魅力的に見える。

また、双方の秘裂からは蜜が溢れ出し、太股に筋を作っていた。

その光景を見ているだけで、挿入への欲求が自然に湧き上がってくる。

「じゃあ、まずは美穂さんから」

と声をかけて、智紀はいきり立った分身を爆乳美女の秘裂に挿入した。

「はああっ！　智紀のチ×チン、来たぁぁ！」

悦《よろこ》びの声をあげ、彼女はあっさり肉棒を受け入れる。

そうして奥まで挿入すると、智紀はすぐに抽送を開始した。

「あんっ、あんっ、いいっ！　はあっ、あんっ、智紀っ、はあんっ、上手になってぇ！　ああっ、はうっ……！」

たちまち、美穂が甲高い喘ぎ声をこぼしだす。

「ああ……美穂ねーねーと智紀がぁ……香奈子ぉにも、ふぇーくぅ早《く》」

こちらを見ながら、香奈子が羨ましそうに言う。

「すぐに、してあげるっすよ」

智紀は、腰を動かしながら声をかけて、分身を美穂から抜いた。そして、ポニーテール美女の背後に移動し、肉棒を蜜で濡れそぼった割れ目に挿入する。

「んくうっ！　智紀のっ、入ってきた……はううんっ！」

香奈子がそんなことを口にしながら、身体を小刻みに震わせた。さすがに、これがまだ二度目の挿入だからか、やや苦しそうに見える。

　とはいえ、狭さは感じるもののもう進入を遮る抵抗はなく、肉茎はスムーズに奥まで到達した。

　それから智紀は、彼女の腰を掴んで小さなピストン運動を始めた。

「あっ、あんっ、動いてるぅ！　んあっ、智紀のタニ《オチ×チン》ッ、あんっ、香奈子ぉのっ、あんっ、中でっ、ふああっ、あばり《暴れる》ーんんんっ！　んはあっ、いーあんべ《気持ちいい》ー！　あっ、はあああっ、ふああんっ……！」

　たちまち、香奈子が動きに合わせて艶めかしい喘ぎ声をあげだした。

　ただ、その様子からは、初めてのときのような苦痛の色がまったく感じられない。

　男性器を挿入される違和感はまだあっても、セックスそのものは特に抵抗なく受け入れられるようになったのだろう。これなら、もう気を使って慎重な抽送をする必要もなさそうだ。

　ひとしきりポニーテール美女の中を堪能してから、智紀はまた一物を抜いた。

　すると、香奈子が「あんっ」と残念そうな声を漏らす。

　それに構わず、智紀は再び爆乳美女のほうに移動し、肉棒を挿入した。

「はあっ！　チ×チン、また来たぁ！」

美穂が悦びの声をリビングに響かせ、陰茎を迎え入れてくれる。

そのまま奥まで挿入すると、智紀はすぐに欲望のままの荒々しいピストン運動を始めた。

「はああんっ！　あんっ、いいっ！　あんっ、あんっ、はううっ……！」

爆乳美女が、背を反らしながら激しく喘ぐ。彼女のほうも、相当の快感を得ているらしい。

「美穂ねーねー、でーじ《すごく》エッチぃ。羨ましい」

横から、香奈子がこちらを見つめながらそんなことを口にする。

「はああっ、かーなーにっ、あんっ、見られながらっ、ああっ、エッチするのぉ！　はううっ、でーじ《すごく》興奮っ、ああんっ、しちゃううぅ！　ふああっ、あんっ……！」

この美穂の言葉が嘘でないのは、膣肉の締まり具合が前回と比べて強めなことからも伝わってくる。妹のような人間のセックスを見て、また自分のあられもない姿を見られて、自然に昂っているのだろう。

智紀は、ひとしきり腰を動かしてから、再び一物を抜いてポニーテール美女のほうに挿入した。

「はぁぁぁん！　タニ《オチ×チン》、戻ってきたぁぁ！　智紀ぃぃ！」

肉茎の侵入と同時に、香奈子が歓喜の声をあげる。

そうして奥まで挿れると、智紀はやや荒っぽい腰使いでピストン運動を始めた。

「あんっ、ああっ！　激しっ……はううっ、でもっ、あんっ、感じちゃうぅぅ！　あっ、はうっ……！」

たちまち、彼女がポニーテールを振り乱しながら喘ぎだした。どうやら、この強さでも問題なく快感を得られるらしい。

（くうっ。こうすると、やっぱりオマ×コの中の違いがよく分かるぞ）

智紀は腰を動かしながら、そんなことを思っていた。

二人の膣内の感触が異なることは、既に分かっていたことだが、こうして交互に挿入するとその違いがいっそうはっきりする。

もっとも、一物に絡みついてくるような美穂の膣も、締めつけながら吸いついてくるような香奈子の中も、どちらも気持ちいいので優劣などつけられないのだが。

（だいたい、二人と同時にエッチできるなんて、それ自体が夢みたいなんだし）

３Ｐを経験できる人間が、この世の中にいったい何人いるだろうか？

それに、相手に事欠かない遊び人ならいざ知らず、智紀は沖縄に来るまで童貞だったのだ。そんな自分が、美穂と香奈子と関係を持ち、今はその二人を交互突きしている。こんなことになるなど、夢に思ったこともなかった。

しかも、亡き兄が買った家で、現家長の兄嫁の妹とその友人と淫《みだ》らな行為に及んでいるのだ。そんな罪悪感と背徳感が、奇妙な興奮を煽ってやまない。

「はうっ、あんっ、智紀ぃ！　あんっ、円香ねーねーの家でっ、あうっ、こんなことっ、はあっ、興奮っ、あんっ、しちゃってぇ！　あっ、ああっ……！」

「ひゃうっ！　ねーねーっ、ああっ、わっさいびーん《ごめんなさい》！　はうっ、やしがっ《だけど》、あんっ、でーじっ《すごく》、はああっ、いー気持《ちい》あんべー！　あんっ、あんっ……！」

二人の美女も、挿入のたびにそんな嬌声をあげる。どうやら、彼女たちも智紀と同じく罪悪感を抱きながらも、それが興奮材料にすり替わっていつも以上に感じているらしい。

そう意識するとますます昂ってきて、智紀は本能のまま交互突きを続けた。

そして、小柄な爆乳美女に何度目になるか分からない挿入をしたところで、いよいよ射精感が込み上げてくる。

「ううっ。僕、そろそろ……」

「ああっ、智紀ぃ！　あたしもっ、あんっ、もうっ、はうっ、イキそう！　あんっ、このまっ、んああっ、中に出してぇ！」

智紀の訴えに、美穂も切羽詰まった声で応じる。

「あんっ。美穂ねーねー、またちむはごー！　智紀、香奈子ぉも、もうイキそうさー。香奈子ぉの中にも、精子《サニ》欲しいよぉ」

横から、ポニーテール美女がそう訴えてきた。

どうやら二人も、そろそろ限界のようである。

「じゃあ、順番に出すっすよ！」

と応じて、智紀はそのまま抽送を速めた。

すると、絡みつくような爆乳美女の膣肉の蠢《うごめ》きが強まって射精を促す。

限界を迎えた智紀は、「くうっ」と呻くと彼女の中にスペルマを注ぎ込んだ。

「ああーっ！　出てるぅ！　んはああああぁぁぁぁぁ!!」

美穂が絶頂の声をあげ、大きく背を反らす。

本来であれば、そのまますべて出したかったが、今はそういうわけにいかない。

智紀は、精を出し切る前に一物を抜き、素早く香奈子のほうに移動した。そして、挿入するなり叩きつけるように腰を動かす。

「あんっ、あっ、激しっ……はうっ、イクッ！　香奈子ぉもっ、もうっ……イクううううぅぅぅぅぅ!!」

たちまち香奈子が絶頂の声をあげ、吸いつくような膣肉が妖しく収縮する。

その得も言われぬ心地よさを味わって、智紀は動きを止めるなり、残っていたスペルマを最後の一滴まで彼女の中に注ぎ込んでいた。

第三章　むっつり兄嫁と青空ビーチ姦

1

「智紀くん、どう？」

「多分、これで大丈夫だと思いますけど」

ドライバーで蝶番《ちょうつがい》の調整をした兄嫁の問いかけに、シャワー室の重たいドアを持ち上げていた智紀はそれを下げながら応じた。

今日は、エメラルド・オーシャンの定休日なのだが、二人は十四時前のこの時間に店へとやって来ていた。とはいえ、店を開けるわけではないので、雨戸もテイクアウト窓口のガラスも閉め切ったままである。

ちなみに、香奈子と美穂は旧盆の打ち合わせがあるとのことで、定休日を利用して実家のある村へ朝から日帰りで戻っている。

沖縄のお盆は、旧暦の七月十三日~十五日の三日間にわたって行なわれる一大行事である。ないちゃーの浦野家に嫁いだ円香はともかく、未婚の二人は村の行事に参加しなくてはならず、打ち合わせをする必要があるそうだ。

もっとも、智紀としては彼女たちの不在が、気持ちを落ち着けるのにちょうどよかったのだが。

(二回目のエッチで3Pをしてから、香奈子さんもすっかり開き直った感じになっちゃったもんなぁ)

何しろ、あの真面目なポニーテール美女までが、仕事中でも家でも意図的に身体をくっつけてきたり、肩を並べたときにさりげなく手を握ってきたりと、やたらとスキンシップを取るようになったのである。

しかも、美穂までが年下の幼馴染みに対抗するかのように、何かにつけて爆乳を押しつけてくるなど、スキンシップの頻度が増し、より大胆になっていた。どうやら、二度目のセックスで智紀のことを本気で気に入ってしまったらしい。

もちろん、複数の女性からベタベタされるのは、男として悪い気はしない。

だが、智紀はほんの少し前まで、異性とまともに話すのもままならなかった人間である。そのため、二人の美女の行動にドキドキする一方で、どう接していいのか分からず戸惑っているのも、紛れもない事実だった。

そのため、二人の留守に一息ついていたところ、昼食後に円香が「昨日、お客さんからシャワー室のドアのことを言われていたのを忘れていた」と言い出した。

エメラルド・オーシャンの建物の奥にある小さなシャワー室は、従業員が着替えなどで使う以外に、砂まみれで来店したイートインの利用客に使ってもらうこともある。

もっとも、その程度の利用しか想定していないため、更衣室は狭くシャワーも一本しかないささやかなものなのだが。

ただ、最近ほとんど使用していなかったせいもあって、客からの指摘を失念していたらしい。

話を聞いた限り、壊れているわけではなさそうだったので、兄嫁は自力でドアの調整を試みようとしていた。そこで、どうせならと手伝うことにしたのである。

さすがに、女性一人を働かせて自分は冷房の効いた部屋でのんびりしていられるほど、智紀も図太い性格はしていない。円香は気にしないかもしれないが、こちらが気になってしまう。

そうして、閉店中のエメラルド・オーシャンに来た二人は、さっそくシャワー室のドアのチェックをした。結果、確かにドアが枠とわずかにぶつかって建て付けが悪くなっていることが判明した。

建物自体はコンクリート造りなので、おそらく木製のドアのほうに歪みが生じてしまったのだろう。

エメラルド・オーシャンの建物は、三十年近く売店だったものを円香が安く買い取って海の家にした。その改装の際にかなり修繕したらしいが、元々の築年数を考えれば細かなところで新たなガタが出るのも仕方あるまい。

こうして、智紀と円香はあれこれ調べて作業を分担しつつ、ドアの蝶番の調整をすることになったのだ。

しかし、この作業も二人だから比較的容易《たやす》くできたが、兄嫁一人でやっていたらかなり大変だっただろう。そう思うと、一緒に来たのは正解だったと言える。

調整を終えて、智紀がドアを開閉すると、今度はスムーズに動く。

あとは、潤滑油を差しておけば問題あるまい。

「ドアは、もう大丈夫ね？　こんなにふぇーく《早く》終わるなんて、でーじ《すごく》助かったわぁ。やっぱり、男手があると違うさー」

円香が、しみじみとした様子で言う。

（男手ってことで、兄ちゃんのことを思い出しているのかな？）

そんな、少し切ない思いを抱きながら彼女を見た瞬間、智紀は思わず目を大きく見開いていた。

外は今日も快晴で、十四時過ぎの現在、気温は三十度を超えている。それに、オープン時は開けているテイクアウト窓口のガラスも、イートインスペースも防犯と風除けを兼ねた木製の雨戸も閉めたままなので、風通しがかなり悪い。

一応、扇風機は回しているとはいえ、そんな暑さの中で延々と作業をしていれば、さすがに汗をかいてしまう。

今の円香は、作業しやすいようにと、白地の半袖プリントTシャツに紺のジーンズという格好だった。そのTシャツから、汗でピンク色のレースの下着がうっすら透けて見えていたのである。

もちろん、透け水着は何度となく目にしており、智紀も最近は多少だったが見慣れていた。しかし、デザインが似通っているとはいえ、ブラジャーが透けているのは水着とはまったく異なるものに思えてならない。

童貞の頃だったら、おそらく凝視できずに目を逸らしていただろう。

だが、美穂と香奈子の肉体の感触を知った今は、逆に透けブラから目を離せなくなっていた。

それに、実は円香に対しては、孝幸に連れられて初めて実家に来たときから、恋心と言うほどではないものの、憧れの気持ちは抱いていたのである。もちろん、相手は「義姉」という立場なのだから、ずっと高嶺《たかね》の花を見るような感覚だったが。

しかし、二人の間に子供がいなかったこともあり、兄の死後はより身近な「憧れの女性」として意識し、彼女と会えるのを密かに楽しみにしてきた。

正直、そういう気持ちがなければ、海の家での仕事を頼まれたとき、二つ返事で引き受けたりはしなかっただろう。

そんな女性の透けブラ姿ということもあって、智紀はすっかり目を奪われていた。

一方の円香はと言うと、智紀の視線に気付いた様子もなく、

「時間もあるし、ちょうどいいから他のところもチェックしちゃいましょうか？」

と、ドライバーを手にしたままこちらに目を向ける。

「ん？　智紀くん、どうがしし《どうしたの》ゃんよー？　そんなにこっちを見て……」

智紀の視線に、怪訝《けげん》そうな声をあげた義姉が、そのまま自分の胸元を見た。そうして、ようやく透けブラに気付いて目を丸くする。

「あきさみよー！　と、智紀くん、見ないで！」

そう叫んだ円香が、自分の胸を隠そうとした。だが、彼女の手にはドライバーが握られたままである。

そのことに気付いた兄嫁は、プチパニックを起こしたらしく、あたふたした挙げ句、足下の小さな段差に蹴躓《けつまず》いてしまった。

そして、バランスを崩して「きゃっ！」と声をあげ、ドライバーを放り投げて前のめりに倒れそうになる。

それを見た智紀は、思わず「危ない！」と叫び、義姉を支えようとした。

ところが、彼女に予想以上の勢いがついていたこともあり、抱きつかれる格好になった途端、今度はこちらのバランスが崩れてしまう。

「のあっ!?」

「あきさみよー！」

二人の悲鳴が重なり、そのまま智紀は仰向けに倒れそうになった。

だが、このままでは床に後頭部を強打しかねないと、どうにか上体を捻る。

そのため、まるで柔道の投げ技の掛け合いで体勢を崩したような、なんとも半端な状態になってしまった。

（ヤバイ！　今度は円香さんが危ない！）

瞬時にそう判断し、彼女の後頭部を守るように腕を回す。

次の瞬間、前腕が円香の頭と床に挟まれ、反射的に目を閉じた智紀は「くうっ！」と苦悶の声をあげていた。

横回転が加わったおかげで、威力はかなり弱まっていたが、それでも人の頭と床に腕を挟まれればさすがに痛みは生じる。

そうして、動きが止まって目を開けたとき、智紀は思わず硬直していた。

何しろ、目を閉じた円香の美貌が、目と鼻の先にあったのである。

今の智紀は、彼女を押し倒して頭に腕枕をしているような格好になっていた。しかも、けっこうな勢いで倒れて身体同士が密着しているため、兄嫁の体温のみならず胸の感触や甘い芳香もはっきりと感じられる。

「と、智紀くん。ありがとう」

目を開けた円香が、やや動揺したように言う。

ただ、そうすると二人の視線が近くで自然に絡み合うことになる。

兄嫁の美貌を間近で見た途端、智紀の中で理性の糸がプッツリと音を立てて切れた。同時に、今まで抑えていた欲望を堪えることができなくなる。

智紀は腕をズラし、義姉の頭を手で固定すると顔を近づけた。そして、彼女の唇を強引に奪う。

すると、円香が「んんっ!?」と声をあげ、驚いた様子で目を丸くした。さすがに、義弟からこのようなことをされるとは、思ってもみなかったのだろう。

「んっ。ちゅっ、ちゅぱ……」

智紀は、ついばむように音を立てながら彼女の唇を貪った。

そうして、ひとしきりその可憐な部位の感触を味わってから唇をいったん離す。

「ふはあっ。はぁ、はぁ……」

「はあっ。ふあ、はぁ……と、智紀くん、あったに《いきなり》何をするの？」

「す、すみません。でも、円香さんが綺麗で、魅力的で……あの、もう我慢できなくて……」

「ええっ!? そ、そう言ってもらえるのはうっさんやしが《嬉しいけど》……わたしたち、義理でも姉弟《ちょーでー》なのよ？」

智紀の言い訳めいた告白に、兄嫁が目を左右に泳がせながら言う。ただ、智紀と話すときは通常うちなーぐちを控えめにしている彼女が方言を多用しているところからも、動揺の具合が伝わってくる。

「それでも、血が繋がっているわけじゃないし……その、本当は円香さんとエッチしたいって気持ちが、ずっとあって……」

こちらのしどろもどろな言葉に、円香が「智紀くん……」と目を潤ませて、それから改めて口を開いた。

「智紀くん、香奈子の気持ちは知っているの？」

「えっ？　あ、はい。その、一応……」

「それなのに、わたしと……その、したいわけ？」

と、義姉が動揺を見せつつも、やや非難めいたことを口にする。

前々から、円香も智紀と話すときに妹のことを気にする素振りを見せていたが、どうやら彼女も香奈子の気持ちに気付いていたらしい。

それにも拘わらず、こちらが自分としたいと言っている。そのことに、戸惑いの気持ちと罪悪感を抱いているのだろうか？

「その、香奈子さんとは、実はひとまず保留ってことで合意していて……今は、円香さんとしたい気持ちでいっぱいなんす」

智紀が懸命に言葉を紡《つむ》ぎ出すと、兄嫁が少し考え込んでから、「はぁ」と小さなため息をついて口を開いた。

「……分かったわ。一度だけなら……えっと、続けてもいいさー」

「えっ？　ほ、本当っすか？」

智紀は、思わずそう聞き返していた。ダメ元での告白だったので、本当にＯＫしてもらえるのは少々意外だったのである。

「その……わたしも、ちゅー《キス》されたの久しぶりだし、近くで智紀くんの汗のかじゃを嗅《匂》いでいたら、でーじちむわさわさー《すごくドキドキ》しちゃって……」

こちらの疑問を察したらしく、円香が恥ずかしそうに打ち明ける。

なるほど、彼女も自分を慰めてはいたのだろうが、孝幸の死後、相手のある行為とは一年以上ご無沙汰だったのだ。まだ三十路《みそじ》前の熟《う》れた肉体を持つ女性の官能が、突然のキスと牡の芳香によって著しく刺激されたとしても、さほどおかしなことではあるまい。

「円香さん……」

と、智紀が再び顔を近づけると、兄嫁が少しためらう素振りを見せて、それから目を閉じる。

そんな彼女の唇に、智紀は改めて自分の唇を重ねた。

2

「んあっ、あんっ……んっ、んむうっ……！」

夕暮れにはまだ早く、雨戸に覆われて薄暗いイートインスペースに、円香のくぐもったよがり声が響く。

智紀は今、板張りの床に足を伸ばして座った兄嫁を背後から抱きすくめるような格好で、Tシャツとブラジャーをたくし上げ、綺麗なお椀型の乳房を愛撫していた。

(円香さんのオッパイの手触り、すごくいいな)

手を動かしながら、智紀は感動で胸が熱くなるのを抑えられずにいた。

もちろん、美穂のほうがボリュームはある。しかし、香奈子より大きいので揉んだときの弾力と柔らかさのバランスが絶妙で、実に手に心地よいのだ。

その昂りのまま、智紀は大きさを増してきた先端の突起を摘まんだ。

「あんんーっ！　んむうぅぅぅ！」

乳首を摘まんだ途端、円香が身体をビクビクと震わせた。

それでも、手の甲を口に当てて必死に声を我慢している姿が、なんとも色っぽく興奮を煽る。

　智紀は、そのまま突起をクリクリと弄り回した。

「んんっ！　むむんっ！　んんっ、んむっ、んふううっ！　んんっ、んっ……！」

　兄嫁は、苦しそうに顔を歪めながらも、どうにか声を抑えていた。その根性は、なかなかに見上げたものだという気がする。

（本当は、円香さんの喘ぎ声を聞きたいんだけど、わざと声を出させるわけにはいかないからなぁ）

　何しろ、エメラルド・オーシャンは定休日だが海水浴場自体はやっており、近隣の売店などは普通に営業している。しかも、まだ十五時前なので、当然の如く買い物に来る客の声などが外から聞こえてきていた。

　とりあえず、行為を始める前にシャワー室近くから、雨戸に囲われたイートインスペースに移動している。したがって、外側からこちらの姿は見えないし、テイクアウト窓口のガラス戸も閉めているので、音もある程度は遮られているはずである。とはいえ、大きな声を出せば外まで聞こえてしまう可能性は高い。兄嫁も、そこらへんを分かっていて、懸命に声を我慢しているのだ。

「円香さん、下を触りますよ？」

乳首への愛撫をやめた智紀は、そう声をかけて後ろから彼女のジーンズのファスナーを開け、ブラジャーと同じデザインのピンク色のショーツを露わにした。そして、下着をかき分けて秘部に直接、指を這わせる。

すると、円香が手の甲から一瞬口を離し、「んふああっ」と甘い声をあげておとがいを反らした。が、すぐにまた手を口に当てる。

触れるのと同時に、指にクチュリと蜜が絡みついてきた。

「うわっ。円香さんのオマ×コ、もうすごいことになって……」

「だってぇ、こんなことされたの久しぶりだし……自分でも、しばらくしてなかったからぁ」

智紀が驚きの声をあげると、義姉が甘い口調で弁解をした。

(ああ。まぁ、確かに。僕もそうだけど、他人と暮らしていたらオナニーしづらいもんなぁ)

何しろ、智紀が来る前から香奈子と美穂が住み込みで働いていたのである。いくら勝手知ったる妹と年下の幼馴染みとはいえ、彼女たちが一つ屋根の下にいる中で自慰に耽るのは、さすがに気が引けて我慢していたのだろう。

それに加えて、智紀まで一緒に暮らすようになったため、なおさらそういうことがしづらくなったのは想像に難くない。

智紀自身も、もしも美穂や香奈子と関係を持っていなかったら、今頃は性欲の処理に頭を悩ませていただろうから、兄嫁の気持ちはよく分かった。

「じゃあ、いっぱい触ってあげるっす。声、我慢してくださいね？」

そう声をかけて、智紀は秘裂に指を軽く入れ、媚肉をほぐすようにかき回し始めた。

「ひあっ！　んんっ……んっ、んむっ、んんっ……！」

一瞬、甲高い嬌声をあげた円香だったが、すぐに手の甲を口に強く押しつけて声をしっかり殺す。

さらに、指を動かして蜜壺をかき混ぜていると、愛液の量がいっそう増してきた。

（指に温かな液が絡みついて……だけど、このままじゃ円香さんが外に出られなくなりそうだな）

智紀は、股間の状態を指で感じながら、そんな不安を抱いていた。

今、彼女が着用しているのは下着で、もちろん着替えなど持ってきていない。それなのに、蜜でグッショリ濡らしてしまっては、あとが大変だろう。少しくらいであれば、なんとか誤魔化せるかもしれないが、股間に大きなシミができてしまったら、ここから駐車場までの道のりすら移動が困難になるかもしれない。

「円香さん、ズボンとパンツ、脱がすっすよ？」

そう声をかけて、智紀はいったん愛撫をやめて指を抜いた。

すると、円香が手を口から離して「んはあぁ……」と熱い吐息を漏らす。

智紀は兄嫁の前に回り込み、ジーンズのズボンに手をかけた。すると、彼女が腰を浮かせてくれる。

智紀はジーンズを脱がし、それからピンク色のレースのショーツを足から抜き取って傍《かたわ》らに置いた。

そうして、改めて円香のほうに顔を向けると、女性器が目に飛び込んできた。

薄暗いとはいえ、整った恥毛が生えたそこが蜜をたっぷりとしたため、息づくように微《かす》かにヒクついているのが、はっきりと見える。

見た感じ、香奈子ほど不慣れではないものの美穂ほど使われた感じもせず、ちょうど二人の中間といった印象だ。

それを目にしただけで、智紀の中の興奮ゲージも一気に跳ね上がる。

このままでは、こちらも先走りで下着やズボンにシミを作ってしまいかねない。

そう考えた智紀は、立ち上がって自分のズボンのベルトを外した。そして、ジーンズを脱ぎ、パンツも脱いで下半身を露わにする。

すると、勃起したモノが解放されて、天を向いてそそり立つ。

「きゃっ。智紀くんのタニ……オチ×チン、でーじまぎー《すごく大きい》」

一物を見た途端、円香が目を丸くしてそんなことを口にした。

美穂も同じことを言っていたし、どうやら智紀の肉棒が人並み以上のサイズなのは間違いないようだ。

また、この彼女の反応から見て、亡兄のモノより大きいのも間違いあるまい。

孝幸は一流大学に行き、ダイビングにのめり込んで沖縄に移住しなければ、国家公務員になったり一流企業への就職をしたりも可能だった、と言われる優秀な人間だった。加えて、円香のような美女を嫁にできたのだから、事故死していなければ人生の勝ち組だった、と言っても過言ではなかっただろう。

一方の智紀は、水泳では全国にも届かず、大学も三流のところに滑り込んだ程度である。しかも、沖縄に来るまでは女気がまったくなく、真性童貞だった。正直、兄に勝てることなど何一つない、とずっと思っていたのである。

だが、どうやらペニスの大きさでは勝っていたらしい。それだけでも、これまで亡兄に抱いていたコンプレックスが、少なからず軽減された気がする。

智紀がそんなことを思っている間に、円香の表情が驚きからウットリしたものに変化していた。

「はぁ……智紀くんのタニ《オチ×チン》、でーじ苦《すごく》しそう。……わたしが、お口でクゥ《フェラチオ》してあげましょうか？」

「あっ。その……お願いするっす」

彼女の申し出に、智紀は少し困惑しつつも素直に応じていた。

できれば、すぐにでも挿入したいところである。だが、このまま本番に突入したらあっという間に射精してしまいそうだ。

せっかく、兄嫁のほうから申し出てくれたのだから、その厚意は受けるべきだろう。何より、憧れの相手にフェラチオしてもらえる、という悦びが大きい。

智紀が正面を向くと、円香が跪いて前にやって来た。そして、ゆっくりと手を伸ばして一物を優しく包み込む。

それだけで甘美な心地よさが生じて、智紀は「はうっ」と声を漏らしていた。

美穂や香奈子にもされていることだが、兄嫁の手はまた彼女たちとは違うように感じられる。

彼女は竿の角度を変え、顔を近づけてきた。そうして舌を出し、ためらう素振りも見せずに先端を舐めだす。

「レロ、レロ……」

「ほあっ！　それっ……くううっ」

途端に鮮烈な快感が全身を駆けめぐり、智紀はおとがいを反らして思わず大きな声を出していた。

「んっ。チロ、チロ……ピチャ、レロロ……」

円香はそのまま舌を動かし、亀頭全体に唾液をまぶすように舐めていく。

（くうっ。き、気持ちいい！）

智紀は、どうにかそれ以上の声を我慢しながら、肉茎からもたらされる心地よさにたちまち酔いしれていた。

兄嫁の舌使いには、正直に言えば美穂ほどのテクニックはない。さりとて不慣れというわけでもなく、少し遠慮がちながらもしっかりと肉棒を刺激してくる。その絶妙な案配《あんばい》が、単なるテクニック以上の快感を生みだしている気がしてならない。

何よりも、憧れの相手が分身を舐めてくれている、という光景自体が牡の興奮を煽ってやまなかった。

すると、円香がペニスから舌を離した。そして、今度は口を大きく開けて亀頭を口に含む。

「ああ、それ……ふあっ」

分身が温かな口内にゆっくり入っていく感触に、智紀は思わず声を漏らしていた。

美穂や香奈子にもされているが、この心地よさはなかなか慣れるものではない。

そうして、半分より少し深く咥えたところで、彼女が「んんっ」と声をこぼして動きを止めた。それから、すぐにストロークを開始する。

「んっ……んむっ、んじゅ……んぶる……んむ、じゅぶ……」

「くあっ。いいっす、円香さんっ」

一物からもたらされた性電気で脳を貫かれ、智紀は声のボリュームを抑えながらそう口にしていた。

円香のストロークは若干苦しそうだが、香奈子と比べればスムーズでリズミカルだ。そのぶん、美穂にされたときほどではないが充分な快感が発生する。

（ああ、なんだか夢みたいだよ。まさか、円香さんに本当にこんなことをしてもらえるなんて……）

智紀は、そんなことを思わずにはいられなかった。

孤独な指戯の際の妄想で、兄嫁をオカズにしたことは何度もある。だが、想像と同じ、いやそれ以上のことをこうしてされていると、なんとも現実感が薄く思えてならない。実は、これがリアリティーのある淫らな夢で、現実では布団の中にいる、と言われても信じてしまいそうだ。

すると、ストロークを続けていた円香が一物を口から出した。

「ぷはぁっ。智紀くんのタニ、まぎ《大き》ーすぎてお口に収まり切らないわ。やしが《だけど》、硬くて立派だから、でーじ《すごく》興奮しちゃうさー」

彼女は、目を潤ませながらそんなことを言って、再び亀頭に舌を這わせだす。

「レロロ……ピチャ、ピチャ……」

既にカウパー氏腺液が溢れ出しており、円香はそれを舐め取るように音を立てながら舌を動かしている。

おかげで、智紀の中に限界が一気に湧き上がってきた。

「ああっ、円香さんっ。僕、そろそろ……」

「んっ。出してぇ。わたしのお口に、たっぷりサニ《精子》を注いでぇ」

そう言うと、彼女は再び陰茎を咥え込んだ。そして、小刻みなストロークを始める。

「んっ、んっ、んむっ、んんっ、んっ、んっ、んじゅ……」

(こ、口内射精!?)

義姉の口からこぼれる音を聞きながら、智紀は内心で驚きの声をあげていた。

とはいえ、その求めは当然だろう。何しろ、円香はまだたくし上げたTシャツとブラジャーを身につけたままなのだ。このまま顔射をしたら、それらを白濁液で汚すことになる。

下半身はもちろんだが、上半身を精液で汚した場合、よりいっそう外に出づらくなるのは想像に難くない。

ただ、そういうやむを得ない事情があるとはいえ、初の口内射精の求めに智紀は新たな興奮を覚えていた。そして、その気持ちが我慢の堤防をたちまち決壊に追い込む。

「くうっ。もう出る！」

と口走るなり、智紀は兄嫁の口内に大量のスペルマを放っていた。

3

「んっ、んぐ……んぐ……」

射精が終わり、一物を口から出した円香が、声を漏らしながら精液を喉の奥に流し込む。

その口の端に、少しだけ白濁液の筋ができているのが、なんとも色っぽく思えてならない。

間もなく、彼女は口内を満たしたものを飲み干して、「ぷはあっ」と大きく息をついた。

「はぁ、はぁ……でーじ《すごく》いっぱぁい。それに、いっぺー《とても》かたさん《濃い》」

兄嫁が陶酔した表情を浮かべて、そんなことを言う。

そのうちなーぐちが多めの言葉を聞くと、彼女に口内射精したのだと改めて実感できる。

智紀がその余韻に浸っていると、円香が先に口を開いた。

「わたし、なー《もう》我慢ならんさー。智紀くんのタニ《オチ×チン》、いりてぇ《ちょうだい》」

と言って、彼女が床に四つん這いになり、尻をこちらに突き出す。

それを見た智紀は、すぐに「はい」と応じて兄嫁に近づいた。

既に、円香の秘部からは新たな蜜が溢れており、挿入の準備が万端に整っていることが見ただけで伝わってくる。どうやら、フェラチオだけでもかなり興奮していたらしい。

智紀は片手で未だ萎えていない一物を握り、もう片方の手で彼女のヒップを掴んだ。

そして、ペニスの角度を変えて秘裂にあてがう。

先端が割れ目に触れた途端、義姉が「んあっ」と声をあげ、すぐに突っ伏して手の甲に口を当てた。

なるほど、後背位を望んだのは口を塞ぎやすかったからのようである。

声の心配がなくなったので、智紀は腰に力を入れて一物を奥へと押し込んだ。

「んんんんんっ！」

口を塞いだまま、円香がくぐもった嬌声をあげて身体を強張らせる。

それでもさらに進んでいくと、やがて智紀の下腹部が彼女のヒップに当たって、先に進めなくなった。

すると、円香の身体からもすぐに力が抜けていく。

「んはあぁ……智紀くんのまぎータニ《大きいオチ×チン》、わたしの中にむる《全部》入ったぁ」

円香がいったん顔をあげて、陶酔したような声を漏らす。

一方の智紀は、初めて味わう兄嫁の膣の感触に浸っていた。

(これが、円香さんの中……ちょっと香奈子さんに似ている感じはするけど、なんか粒みたいな感触もある気がするな)

もちろん、美穂と香奈子の中も気持ちよかったので、誰が一番と言えるものではなかった。ただ、膣の感触に個人差があることを実感するのと同時に、三人のそれを確認できたのが夢のように思えてならない。

智紀がそんなことを思っていると、円香がこちらに顔を向けて口を開いた。

「智紀くん、初めてじゃないのよね？　なー美穂《もう》と香奈子とも、こういうことをしたの？」

その質問に、智紀は「は、はい……」と罪悪感混じりに応じた。

「やっぱり。二人の様子を見ていて、なんとなくそうじゃないかとは思っていたやしが《んだけど》……もっとも、これでわたしも人のことを言えなくなっちゃったさー」

と、彼女が苦笑いを浮かべて言う。

「円香さん……」

彼女の態度に、智紀は安堵せずにはいられなかった。

兄嫁は、こちらが妹と幼馴染みと関係しているのを察した上で、こうして一つになることを許してくれた。それは、二人とのことについてとやかく言うつもりはない、という意思の表れだろう。

厳しく咎《とが》められるかもしれない、下手をしたら東京に強制送還されるかも、といった危惧《きぐ》を抱いていたので、これは大きな安心材料である。

「智紀くん、動いてもいいさー」

そう声をかけて、円香がまた自分の口を手の甲に押しつける。

彼女の言葉で我に返った智紀は、兄嫁の腰を摑んで抽送を開始した。

「んっ、んっ、んんっ！　んむっ、んふううっ！　んっ、んんっ、んんっ……！」

たちまち、彼女がくぐもった喘ぎ声をこぼしだす。

（うおっ。円香さんの中、スゲー気持ちいい！）

腰を動かしながら、智紀は内心で驚きの声をあげていた。

彼女の吸いつくような内部に、香奈子にはない粒状の感触があることは気付いていたが、それが抽送のたびに亀頭を絶妙に刺激する。おかげで、予想を遥かに上回る性電気が全身を貫くのだ。

そのあまりの心地よさに、智紀はたちまちピストン運動にのめり込んでいた。

何より、海の音と海水浴客たちの楽しげな声を雨戸とガラス越しにＢＧＭにしながら、兄嫁と薄暗い屋内で白昼からこんなことをしている、という背徳感が興奮を煽ってやまない。

「んっ、んんっ！　むふっ、んむうっ！　んっ、んんっ、んんんっ……！」

円香も、こちらの動きをしっかりと受け止め、ひたすらよがり続けていた。彼女が相当に興奮していることは、その様子からも一目瞭然《いちもくりょうぜん》である。

「ふあっ、智紀くんっ、あんっ、わたしっ、んんっ、もうっ、あんっ、イッちゃいそうっ、んんっ、あっ、んむむっ……！」

手の甲から口を離して、兄嫁がそう訴えてきた。

随分と早い気はしたが、白昼に自分が普段働いている海の家で、義弟とこのようなことをしている事実に、彼女も背徳的な興奮を覚えているのだろう。あるいは、久しぶりの本番行為に歯止めが利かなくなっているのか？

もっとも、それは智紀のほうも同じだった。

「円香さん。僕も、そろそろ……」

智紀も、抽送を続けながら限界を口にした。

兄嫁の内部の心地よさは、想像以上である。それに加えて、白昼に海の家で秘め事をしている背徳的な興奮もあるため、自分でも驚くくらいあっさりと二度目の射精感が込み上げてきたのだ。

「んあっ、中っ、あんっ、このまま、ふあっ、中にっ、あんっ、ちょうだいっ！　あむっ、んんっ、んっ、んっ……！」

円香が、また手の甲からいったん口を離して求めてくる。

（な、中出し……円香さんの中に……本当に、いいのかな？）

そんな躊躇の思いが、智紀の心に湧き上がった。

フリーの美穂や香奈子でもためらったのだから、義姉への中出しというのはさすがに気が引ける。

(だけど、どうせ兄ちゃんは、もう死んじゃっているんだし……)

孝幸が生きていたら、いくら求められても断っていたかもしれない。いや、そもそも夫が存命だったら、円香も中出しを望んだりはしなかっただろう。

そう思うと、開き直った心境になる。

智紀は、射精に向けて腰の動きを速めた。すると、室内にパンパンという音が意外なくらい大きく響く。

「んっ、んっ、んんっ！　イクッ！　んむうううぅぅぅぅぅぅぅぅ!!」

遂に、円香がくぐもった絶頂の声をあげ、身体を強張らせた。

同時に、膣道が妖しく脈動し、ペニス全体が刺激される。

そこで限界に達した智紀は、「くうっ」と呻くなり彼女の中に出来たての精を注ぎ込んでいた。

4

「五番の沖縄焼きそば三丁、上がったさー！　テイクアウトの焼きそば四丁、あと少し待って！」

「五番、わたしがやるさー。智紀、三番の生二丁をゆたしく《よろしく》！」

美穂の声に、香奈子が応じつつ指示を出してくる。

智紀は、それに「はい」と応じて厨房に行き、ビールサーバーからプラカップにビールを注いだ。

（ふぅ。昼時だから、今日も忙しいな。けど、そのほうが余計なことを考えなくて済むから、ちょうどいいや）

ビールサーバーのレバーを操作しながら、智紀はついそんなことを思っていた。

円香と結ばれて、今日で四日。とうとう、エメラルド・オーシャンで働く全員と肉体関係を持ってしまった智紀だったが、彼女たちとの距離感を未だに摑めずにいた。

もちろん、いずれも異なる魅力を持つ美女と深い仲になれたことに、後悔などあるはずがない。

だが、沖縄に来るまで女気がまったくなかったのに、この三週間程の間に三人の女性と、しかも一つ屋根の下で暮らしている面々と、次々に肉体関係を持ってしまったのである。困惑するな、と言うほうが無理な話だろう。

ちなみに、義姉は今のところ智紀にベタベタしてくることもなく、以前と同じような距離感を保っていた。おそらく、妹と年下の幼馴染みに関係を気付かれないように、と考えているのだろう。

ただ、これが既婚者の余裕なのか、あるいは一度きりだからと割り切っているのか、それとも彼女の演技力の高さ故なのかは見当がつかない。

とはいえ、敬遠するわけでもなく、さりとて他の二人のように急接近してくるわけでもなく、自然体な態度を続けてもらえるのは、こちらとしてもありがたく思えた。

とにかく、初めての相手でもある美穂、自分のことを「好き」と言って処女を捧げてくれた香奈子との関係ですら、今はまだどうしていいのか分からないのだ。この上、義姉とのことまで考える心の余裕など、さすがに持ち合わせていない。

「智紀、ビール溢れてるさー！」

美穂の叫び声で、智紀はようやく我に返った。

見ると、いつの間にかプラカップからビールが溢れて、ドボドボと受け皿にこぼれ落ちている。

「うわっ、しまった」

智紀は、慌ててレバーを戻してビールを止めた。

「まったく、どうしたのさ？　休み明けから、なんか様子が変よね？」

焼きそばを作る手を動かしながら、美穂が心配そうに訊いてくる。

「いや、その……すみません、ちょっと、考え事をしていたもんで」

そう応じて、智紀は急いで新しいカップを取り出した。

（はぁ、イカンイカン。仕事中なんだから、ちゃんと集中しなきゃ）

とは思ったものの、関係を持った女性たちと同じ空間で仕事をしている以上、まるっきり意識しないのは不可能と言っていい。しかし、香奈子が普通に働けるようになったのに、こちらがこの有様ではさすがに申し訳ないだろう。

智紀は、どうにか雑念を振り払って、自分の仕事に専念することにした。

ところが、昼食のピークの時間を過ぎた頃、風が急激に強まりだし、すぐに海水浴場に設置されているスピーカーから、「遊泳禁止」のアナウンスが流れた。どうやら、これから夕方近くまで強風の影響で海が荒れるらしい。

すると、砂浜から潮が引くように人がいなくなった。少しの間は、遊び続ける人間も多少いたが、風がますます強くなったこともあって、三十分もしないうちに海水浴場は閑散としてしまった。

　やはり、海水浴目当てのないちゃーは、海に入れなければ引き上げてしまうようである。おそらく、近くのリゾートホテルに泊まっている人間の多くは、このあと観光に繰り出すか、ホテルのプールで泳ぎ直すかするのだろう。

「いーうゎーちち《晴天》なのに、この風じゃうちなーんちゅ《沖縄県人》もビーチパーリーできそうにないわねー」

　外を見ながら、円香がボヤくように言った。

「パーリー」は、「パーティー」のなまったものである。

　沖縄で海の近くに住んでいる人々は、ほとんど泳がない代わりと言うべきか、老若男女を問わずバーベキューを中心にしたビーチパーティーをよく開く。会社などの歓送迎会がビーチパーティー、ということも珍しくないそうだ。

　これも、智紀が驚いた沖縄文化の一つである。

　エメラルド・オーシャンでは、バーベキュー用品を扱っていないが、十六時頃から閉店までの時間に、沖縄焼きそばをテイクアウトで買いに来るパーティー客が結構いる。その売り上げが、意外と馬鹿にならないのである。

だが、今は風がかなり強くなっているので、確かにビーチパーティーは難しそうだ。

「これじゃあ、お客さんもほとんど来ないだろうし、少し早いやしが《けど》今はテイクアウトだけ開けて、交代でゆくり《休憩にし》ましょう」

「ねーねー、順番はどうするの？」

円香の提案に対し、ポニーテール美女が首をかしげて訊いた。

「そうねぇ。テイクアウトだけなら、一人残っていれば充分だし、わたしと智紀くんが先にゆくる《休む》から、美穂と香奈子は店番をゆたしく《よろしく》。美穂、おにぎりを作ってくれる？」

「それはいいやしが《けど》、ここで食べるんじゃないの？」

と、小柄な爆乳美女が首をかしげて疑問を呈する。

「智紀くん、せっかく沖縄に来ているのに、ちゃー《ずっと》駐車場とここの往復びかー《ばっかり》でしょう？　たまには、違う場所でお昼を食べるのもいいかと思って」

「ねーねー、ちむはごー《ズルイ》！　それなら、香奈子ぉが……」

姉の言葉に、香奈子が抗議の声をあげた。

「あらあら。香奈子、智紀くんを独占したいのは分かるやしが《けど》、わたしにも親睦を深める機会をくれていいと思わない？　智紀くんは、わたしの義弟なんだから」

からかうように、円香が言う。

「べ、別に智紀を独占したいわけじゃあらんし……むうっ、ねーねーの好きにしたらいいさー!」

香奈子が、赤くした頬をプウッとふくらませて、そっぽを向きながら言った。

普段のしっかりした言動と違い、ポニーテール美女のこういう幼さを感じさせる姿は、姉や幼馴染みの前だからこそ見せるものだと言える。

美穂はというと、そんなやり取りに肩をすくめつつも、カレー用に炊いていたご飯でおにぎりを作ってくれた。

そうして、智紀はおにぎりと冷たいお茶を入れた保冷バッグを担ぐと、円香に案内されるまま海の家を出た。

スマートフォンで何かを調べてから彼女が向かったのは、海の家を挟んで駐車場とは反対側である。

先を見ると、そこはゴツゴツした琉球石灰岩の岩場になっていた。また、このあたりの海にはクラゲ防止ネットが張られていないため、元から遊泳禁止区域に指定されている。

そのせいなのか、あるいは遊泳禁止の放送で引き上げたからなのか、周囲に海水浴客はまったく見当たらない。

円香はと言うと、躊躇する様子もなく一直線に岩の上を進んでいく。

（確かに、こっち側は来たことがないけど、こんなところに何かあるのかな？）

そう思いながら、智紀は義姉について行った。

すると、間もなく円香が岩を降り始め、その姿が見えなくなる。

覗き見ると、そこは二メートルほどの窪地のようになっており、大人が五人も並んだら窮屈《きゅうくつ》になりそうな小さな砂浜があった。

沖縄の海水浴場の砂浜は、人工的に作られたものが多いのだが、ここは明らかに波の侵食でできた自然のものである。

ただ、そこは西側を除く三方が岩に囲まれているため、今の時間帯はいい案配の日陰ができている。また、風もいい具合に遮られるので、日が傾くまではなかなか過ごしやすい場所と言えそうだ。

「智紀くん、ふぇーく《早く》いらっしゃい」

と義姉が手招きしたので、智紀も砂浜に降りた。そして、荷物を置いてから彼女の隣に立つ。

「こんなところが、あったんすね？」

「ええ。もっとも、満潮になると海水がここまで来て消えちゃうのよ。めー《前》に孝幸さんと一度だけ来たことがあるやしが《んだけど》、そのときは満潮で砂浜がなかったわけ。今回は、満潮じゃないことを確認しておいたから、来られてよかったさー」

少し寂しそうな表情を浮かべながら、円香が応じる。

なるほど、先ほどスマートフォンで調べていたのは、このあたりの満潮と干潮の時間だったらしい。迷う様子がなかったのも、一度来たことがあったからのようだ。

それに、旅行者のみならず地元の人間すらいないのは、時間帯によって砂浜が水没してしまうせいなのだろう。

おかげで、ひと気がまったくなく、また近づく人がいない限り誰かに見られることもない。

そんな場所で、肉体関係を持った兄嫁と二人きりになったことに、智紀は胸の高鳴りを禁じ得なかった。

すると、円香がためらう素振りを見せ、それからややあって意を決したように口を開く。

「あの……ね、智紀くん？　また、わたしとエッチしてくれないかしら？」

「えっ？　あの、いいんですか？　だって、一度だけって……」

まさか、兄嫁のほうから求めてくるとは予想外だったため、智紀は思わず驚きの声をあげていた。

「だって、智紀くんのタ二《オチ×チン》、で―じ《すごく》気持ちよくて……久しぶりだったこともあるやしが《けど》、あんなに感じたのは、わたしも初めてだったの。でも、一度だけって約束だからって、我慢していたのよ。やしが《だけど》、もうこの身体の疼きを我慢できない！　智紀くんのタ二《オチ×チン》、また欲しくてたまらんの！」

そう言うと、円香が抱きついてきた。

すると、彼女の髪から潮の匂いと共に女性の香りが漂ってくる。そうして、兄嫁のぬくもりと身体の柔らかさを感じていると、智紀のほうも懸命に抑えていたものが一気に溢れてきた。

「あ、あの……僕も、また円香さんとしたいと思っていて……」

「だったら、問題ないわね？　時間があんまりないから、すぐにしましょう？」

そう言って、円香が顔を近づけてきた。そして、その唇が智紀の唇に重なる。

「んっ。ちゅっ、ちゅば……」

音を立てながら、円香が唇をついばむようなキスをし始めた。

海の近くで働いていたせいか、やや乾いた唇から少し塩味が感じられる気がした。

だが、それがかえって牡の興奮を煽る。

(くうっ!　もう我慢できない!)

智紀もすっかり開き直ると、夢中になって彼女の唇を貪りだしていた。

5

「レロ、レロ……ピチャ、チロ……」

「んんっ!　と、智紀くんっ、あっ、んっ、んくうっ!　んんっ、んむっ……!」

三方を岩に囲まれた小さな砂浜に、智紀が舌を動かす吐息混じりの音と、円香の抑え気味の喘ぎ声が響く。

今、智紀は岩に寄りかかった兄嫁の足下に跪き、露わにした彼女の下半身に舌を這わせていた。

Tシャツと水着のブラトップもたくし上げた状態なので、綺麗なお椀型の白い乳房も青空の下で剝《む》き出しになっている。

円香は手の甲を口に当て、懸命に声を殺していた。そんな姿が、いっそう牡の本能を刺激してやまない。

智紀は割れ目を指で割り開き、媚肉に舌を這わせた。そして、そこをかき回すように舌を動かしだす。

「んんんーっ！　んあっ、そこっ、んぐっ、んむううっ！　んんっ、んむっ……！」

一瞬、兄嫁が手から口を離して嬌声をあげた。が、すぐにまた声を殺す。

ここが大声を出してはマズイ場所だ、と意識することは、まだできているらしい。

そうしていると、彼女の奥から粘度を増した蜜が溢れ出てきた。

(円香さん、すごく感じてくれているみたいだ。ううっ、こっちも早く挿《い》れたい！)

女性器への奉仕を続けながら、智紀は欲望を抑えられなくなっていた。

何しろ、仕事の休憩中ということもあって、時間がさほどあるわけではない。そのため、フェラチオをしてもらわず、キスのあとすぐに乳房への愛撫をして、さらにクンニリングスへと移行したのである。

一発抜いていないことに加え、蜜の味と女性器から漂ってくる牝の匂い、何より秘部を舐めている興奮で、既に一物はサーフパンツの中で限界までふくらんでいた。

「んあっ、智紀くんっ。あんっ、わたしっ、んくっ、欲しいっ。智紀くんのっ、あんっ、まぎータニッ《大きいオチ×チン》、ふぇーく《早く》っ、ああっ、欲しいっ」

手の甲から口を離し、円香がそう訴えてくる。

どうやら、彼女も男根を求める気持ちを我慢できなくなったらしい。

そこで、智紀も秘裂から口を離した。

「はぁ、はぁ……円香さん、僕も早く挿れたいっす」

「ああ、嬉しい。ねぇ？　今日は、わたしが上になってあげる。そこに寝そべって」

と、円香が笑みを浮かべながら言った。

その言葉の意味は、いちいち考えるまでもなく、智紀は「はい」と応じてサーフパンツを脱ぎ、勃起した分身を露わにした。

「はぁ。やっぱり、でーじ《すごく》まぎー《大きい》タニ《オチ×チン》さー」

円香が、こちらを見ながらそんな感嘆の声を漏らす。

それを尻目に、智紀は上半身Tシャツのまま砂浜に横たわった。

智紀が横になると、兄嫁はすぐにまたがってきた。そして、ためらう素振りもなく一物を握る。

それだけで、甘美な心地よさが脊髄を貫く。

円香は自分の秘部の位置を調整して、先端部にあてがった。

濡れそぼった割れ目に亀頭の先が触れると、そこから新たな性電気が発生して、思わず「くっ」と声が出てしまう。

そんなこちらの様子を見ながら、円香は穏やかな笑みを浮かべて腰を沈めだした。

挿入した途端、真一文字に結んだ彼女の口から、「んんんんっ！」とくぐもった声がこぼれ出る。

同時に、肉棒が生温かくヌメった肉壁に包み込まれていく。

その心地よさに酔いしれていると、間もなく竿全体が温かなものに包まれ、股間同士がぶつかって義姉の動きが止まった。

「んはあああ……やっぱり、智紀くんのタニ《オチ×チン》、まぎー《大きい》ねぇ。子宮が押し上げられている感じがするさー」

目を潤ませながら、円香がそんなことを言う。

「えっと……どうもっす」

智紀は、どう答えていいか分からず、気恥ずかしさを堪えながら一言だけ応じた。

まったく、自分の口下手さは、我がことながら困りものだと思わずにはいられない。

「ふふっ。ぬー《何》も言わなくてもいいさー。今は、タイ《二人》で気持ちよくなりましょう？」

と言って、兄嫁が腰を小さく上下に動かしだした。

「んっ、んっ、んんっ！　んっ、んむっ、んっ、んはっ！　あんっ、んんっ……！」

外での行為ということもあり、彼女は口を固く結んで喘ぎ声を殺していた。しかし、快感を堪え切れないらしく、時折、艶めかしい声がこぼれ出てしまう。

(ああ、やっぱり円香さんの中、すごくよくて……)

義姉のなすがままになって快感を味わいながら、智紀は自分が夢を見ているような感覚を拭いきれずにいた。

何しろ、抜けるような青い空を見て、波の音を間近で聞きながら、砂浜で未亡人兄嫁と再び一つになっているのだ。しかも、関係を求めてきたのは彼女のほうなのである。現実感が乏しく思えるのも、仕方のないことではないだろうか?

「んあっ、声っ、あんっ、もうっ、ふあっ、にじゅんできないっ!」

不意に、円香がそう言って身体を倒してきた。そして、智紀に抱きつくような体勢になって、唇を重ねながら腰だけ動かす。

「んっ、んっ、んむっ、んんっ……」

キスで塞がった唇の間から、兄嫁のくぐもった声がこぼれ出る。なるほど、これなら大声を出す心配はあるまい。

智紀の口の周りには、愛液が付着していたのだが、円香はそれを気にする様子もなく舌まで絡みつけてきた。

「んじゅぶ……んる、じゅぶ、レロ……んんっ、んむっ……」

（くうっ。なんて気持ちよさだ！）

智紀は、想像以上の快感に酔いしれていた。

もちろん、兄嫁の中がとてつもなく心地よいことも一因である。だが、なんと言っても誰かに見られるリスクを冒《おか》しながらの青姦《あおかん》に、屋内でする以上に背徳的な興奮を覚えずにはいられなかった。

円香も同じなのか、その腰使いが次第に速く激しいものになっていく。

（はううっ！　そろそろ、ヤバイ！）

先に一発出していなかったせいもあり、彼女の動きの前にたちまち射精感が込み上げてきてしまう。

とはいえ、円香の中の蠢きも相当なもので、彼女の限界が近いことも伝わってくる。

智紀は、半ば無意識に腰を突き上げるように動かしだしていた。

「んんっ!?　んっ、んむっ、んじゅっ、んっ、んっ……！」

一瞬、驚いた様子を見せた円香だったが、すぐにこちらの動きに合わせてくる。

すると、快感がいっそう増して、たちまち我慢の臨界点に達してしまう。

（ううっ！　出る！）

口を塞がれているため、智紀は心の中で限界を訴えた。

同時に、大量のスペルマを発射して兄嫁の中を満たしていく。

「んんんんんんんんんっ!!」

円香も射精に合わせてくぐもった声をあげ、全身を強張らせた。

そんな彼女の姿に、智紀は新たな興奮を覚えながら、最後の一滴まで子宮に白濁液を注ぎ尽くすのだった。

第四章　海の家はハーレムパラダイス

1

その日も、海の家エメラルド・オーシャンは盛況のまま閉店時刻を迎えた。

「智紀くん、うたいみそーちー《お疲れさま》」

テイクアウトのガラス窓を閉め、掃除を終えた円香がイートインコーナーを囲うように雨戸を閉め終えた智紀に、そう声をかけてくる。

「あっどうも。お疲れさまっす」

「ちゃー《いつも》力仕事を任せちゃって、わっさいびーん《ごめんなさい》。やっぱり、男の子は力持ちだから助かるさー。あら、智紀くんは『男の子』じゃなくて、『男性』って言ったほうがいいのかしらねぇ？」

そんなことを言って、円香が正面からスッと身体を寄せてくる。

ずっと働いていて汗ばんでいることもあり、彼女の肉体からは女性の甘い匂いが強めに漂ってくる。

おかげで、智紀の胸は自然に高鳴ってしまった。すぐ近くに美穂と香奈子がいなかったら、我慢できずに抱きしめていたかもしれない。

(円香さん、二度目のエッチをしてから、本当に遠慮しなくなってきたなぁ)

実際あれ以来、兄嫁は客の目がなくなると、こちらに接近して手を握ったり、こうして身体をすり寄せてきたりするようになっていた。

それはそれで、もちろん嬉しいのだが、大きな問題もある。

「もうっ。ねーねー、智紀にくっつきすぎさー！」

と言って、香奈子が奪うように勢いよく腕に抱きついてきた。そのため、腕が彼女のバストの谷間に挟み込まれる格好になってしまう。

「かーなーだって、人のこと言えないさー。厨房の片付けが一番大変なのに、あたしを放置して智紀にくっついて」

そう文句を口にしながら、こちらにやって来た美穂が、香奈子と反対の腕にしっかりと抱きついてきた。しかも、彼女の場合はわざと谷間を外し、爆乳を腕に押しつけてくる。

「もうっ、二人とも大胆なんだから」

そう言いながらも、円香までが智紀の胸にピタリと身体をくっつけて、自分のふくらみを密着させる。

（うわっ。ま、またこんなことに……）

三人の匂いとバストの感触に包まれながら、智紀は心の中で困惑の声をあげていた。

このところ、片付けが終わると毎日のように同じようなことが繰り広げられている。

しかも、同居しているので、帰宅してもリビングでは、ソファで智紀の隣の席を争奪し合っている有様なのだ。

もちろん、沖縄に来る以前の非モテ状態を思えば、ハーレム状態の今はある意味で天国のようだと言える。しかし、現実に三人の女性からこうして迫られると、どうしていいか分からなくなってしまう。

ましてや、智紀には異性との交際経験の蓄積がないので、なおさら今の状況をどう処理するのがいいのか、判断がつかなかった。

（そりゃあ、もともと憧れていたのは円香さんだけど……香奈子さんには「好き」って言われているし、処女をもらっちゃったし、美穂さんは僕の初めての人で、オッパイが大きくて魅力的だし……)

これほど魅力に溢れた彼女たちの中から一人を選び、他の二人を切り捨てるのは、あまりにも勿体ない気がしてならない。そもそも、自分自身の気持ちが定まっていないので一人を選びようがない、というのが本音なのである。

おかげで、智紀はどうしていいのか分からず、彼女たちのアプローチに何も言えなくなって硬直するしかなかった。

2

「智紀、三番の焼きそば二丁、ゆたしく《よろしく》！　円香ねーねー、テイクアウトの焼きそば、もう少し待ってもらって！」

厨房から美穂の声が聞こえてきて、イートインスペースで接客していた智紀は、

「はいっ！」と返事をして焼きそばが置かれたカウンターに向かった。

「美穂さん、追加で二番に沖縄焼きそば三丁、お願いします」

「了解。テイクアウトのぶんができたら、しぐ《すぐに》取りかかるさー」

爆乳美女が、手を動かしながらもそう応じてくれたので、智紀は急いで焼きそばを

トレイに載せて三番テーブルへと運ぶ。

（どへー。席数を減らしても、一人でイートインを全部見るのは大変だー！）

焼きそばを運びながら、智紀は内心で悲鳴をあげていた。

今日、香奈子は内々定先の企業の研修を受けるため、那覇へ出かけている。そのため、智紀は一人でイートインコーナーを切り盛りしていた。

もっとも、単独で通常の注文をすべて受けるのは不可能だ。したがって、今日はイートインの座席数を半分に減らし、テイクアウトを中心に営業している。

しかし、それでも引きも切らずに客が来るため、智紀は休憩時間を除いてほとんど休む間もなく働き続ける羽目になっていた。

ちなみに、大学四年生の香奈子が内々定を取ったのは、海の家の営業を始める前のことである。その頃には、もう浦野観光の手伝いはしていたものの、身内の会社に就職することに抵抗があり、那覇市内で就職活動をして内々定をもらったらしい。

しかし、今は大学卒業後に浦野観光で働くことも考えており、内々定を辞退するべきか迷っている、という話を、智紀はつい最近聞かされていた。

とはいえ、まだ結論を出したわけではないので、会社から研修に呼ばれれば、そちらを優先せざるを得ない。

（内々定か……僕も、来年にはインターンシップとか考えなきゃ。けど、僕にいったい何ができるんだろう？）

接客をしながら、智紀はそんなことを考えずにはいられなかった。

小学校低学年から続けてきた水泳では才能が開花せず、その方面に進む道はあり得ない。また、「真面目」と評されるが融通が利かない性格だ、という自覚もあるので、思考の柔軟性が求められる仕事も難しい。正直、今もいっぱいいっぱいで接客しており、アルバイトならともかく職業としてこういうことをやりたいとは思わない。

こんな自分に合う仕事など、果たして見つかるのだろうか？

そう思うと、そこはかとない不安が湧いてくる。

（つと、イカンイカン。余計なことを考えていたら、また変な失敗をしちゃうぞ。集中だ、集中）

気持ちを切り替えて、智紀は接客に専念したのだった。

そうして、閉店時刻間際になった頃、ようやくイートインスペースから客がいなくなった。

県外からの海水浴客は、日没が近づくと夕焼け目当ての人以外はあらかたホテルなどに引き上げる。そして、入れ替わるようにうちなんちゅたちのビーチパーティーが、本格的に始まるのだ。

ちなみに、智紀が沖縄に来た頃より日は短くなっているものの、まだ日の入りは十九時頃なので、この時間でも充分すぎるくらいに明るい。

「ふはぁ。さ、さすがに疲れた……」

最後の客が出て行った途端、智紀は近くの客席に腰を下ろしてボヤいていた。

智紀が来る前、香奈子も一人でイートインを回していたが、それができたのは彼女の優秀さは当然として、席数を少なめにしていたことと、何より夏休みシーズン前だったというのが大きいだろう。

しかし、シーズン本番で海水浴客が増えれば、来客数も増加するのは自明の理である。一人で働くのは今日だけのことなので、なんとか頑張れたが、これを何日も続けるのは不可能だろう。

「智紀、まだ片付けと掃除が残っているさー。あと少し、ちばりよー《頑張れ》」

厨房から、美穂が手を動かしながら声をかけてきた。

「あんやんばー《そうね》。香奈子がいないぶん、普段より時間がかかるだろうから、そーそー《さっさと》やっちゃいましょう」

と、テイクアウト窓口のガラス戸を閉めた円香も、笑顔を見せながら言う。

（そうだな。美穂さんなんて、ずっと厨房で働いているんだし、円香さんだってテイクアウトを一人で切り盛りしていたんだ。大変なのは、僕だけじゃない）

　そう考えた智紀は、「はい」と応じて立ち上がり、掃除道具を置いているロッカーに向かった。

　そして、円香と一緒にテーブルや床を綺麗に掃除して、それから雨戸を、イートインコーナーを囲うように閉めていく。

　そうして、智紀と円香がすべての作業を終えた頃、厨房の掃除や明日の注文の電話などをしていた美穂が、タオルで手を拭きながら薄暗くなったイートインのほうに出てきた。

「うたいみそーちー《お疲れさま》、智紀、円香ねーねー」

「美穂、智紀くん、うたいみそーちー」

「お二人とも、お疲れさまっす」

　と、それぞれ労《ろう》をねぎらい合うと、今日の仕事が終わった実感が湧いてくる。あとは、荷物を持って車に移動し、帰宅するだけである。

　ところが、そう思った矢先に美穂が真剣な表情になって口を開いた。

「あのさ、円香ねーねーと智紀って、いつから関係を持っているの？　二人で休憩に行ったとき、じゃないよね？」

「あぎじゃびよー！」

「はっ!?」

爆乳美女の問いに、円香と智紀は揃って驚きの声をあげていた。

ちなみに、「あぎじゃびよー」とは、「あきさみよー」以上に驚いたとき、「オーマイゴッド」や「ビックリした」的な意味合いで使われるうちなーぐちである。智紀も、知識としては知っていたが、実際に使われるのを聞いたのは初めてだ。

もちろん、最近の円香の態度から、二人の関係の進展を察するのは難しいことではなかったのかもしれない。しかし、ここでその追及があるというのは、智紀はもちろん義姉にとっても予想外だったようである。そんな動揺が、「あぎじゃびよー」という言葉にも表れたのだろう。

「あ、あの、美穂さん？　その……」

智紀は言い訳をしようとしたが、いい言葉がまったく思い浮かばず二の句を継げずにいた。

もともと、あまり口が上手くないこともあるが、美穂は自分が童貞を捧げた上に、香奈子と３Ｐまでしている相手なのだ。生半可《なまはんか》な弁解で誤魔化すことなど、まず不可能だろう。

かと言って、下手なことを口にすれば円香を傷つけることになりかねない。

兄嫁のほうも、アワアワと落ち着かない素振りを見せている。彼女のこれほど動揺した姿というのは、智紀も初めて目にした。

すると、美穂が肩をすくめて言葉を続けた。

「まぁ、智紀と円香ねーねーが深い仲になっても、あたしはそんなに気にしないさー。やしが《だけど》……」

そこで言葉を切った爆乳美女が、智紀のことをジッと見つめる。

「あたしとかーなーのことを放置するのは、ちょっと許せないのよねぇ」

と言うと、彼女はこちらに近づいてきた。

「あ、えっと、美穂さ……んっ⁉」

智紀は疑問の言葉を発しようとしたが、その瞬間に可憐な唇で口を塞がれてしまう。

「んっ、んじゅる……んむっ。んっ、んんっ……」

美穂は背伸びをしながら、強引に舌をねじ込んでくると、そのまま口内を蹂躙《じゅうりん》し始めた。

あまりにも唐突な行動に、智紀は舌を動かすことも忘れて彼女のなすがままになっていた。接点から快感がもたらされているものの、呆然としてそれを堪能する余裕もない。

円香のほうも、幼馴染みの突然の行為に、目を大きく見開いて息を呑んでいる。

ひとしきり舌を絡めると、美穂がようやく唇を離した。

「ぷはあっ。智紀？　円香ねーねーのキスとあたしのキス、どっちが気持ちいい？」

妖しい笑みを浮かべながら、爆乳美女が問いかけてくる。

「はぁ、はぁ……そ、そんなこと、言えるはずが……」

「ねぇ？　あたしなら、智紀に色んなことをしてあげるし、させてあげるさー。このオッパイ、また好きにしたくない？」

こちらの言葉を遮るように言って、彼女が自分のふくらみを両手で持ち上げる。

すると、ただでさえ大きなバストがいっそう存在感を増し、目が釘付けになってしまう。

「美穂、不意打ちなんてちむはごー《ズルイ》！　それに、わたしだって智紀くんともっといっぱいエッチしたいさー！」

我に返った円香が、横からそう口を挟んできた。どうやら、年下の幼馴染みへの対抗心が芽生えたらしい。

「それじゃあ、円香ねーねー？　どっちが智紀をいーあんべー《気持ちよく》にできるか、すーぶ《勝負》しようか？」

「分かったさー。これは、まきらんおーいん《負けられない戦い》やさ」

美穂の挑発めいた言葉に、円香がすぐに首を縦に振って、うちなーぐちで気合いの入ったことを口にする。

（えっと……僕の意思は？）

智紀は、あまりの超展開について行けず、ただただ唖然《あぜん》とするしかなかった。

3

「んっ、んふっ、んっ、んんっ……」

「んはっ。ああ、こんなことぉ。んっ、んふっ……」

イートインスペースで棒立ち状態になっている智紀の下から、美穂と円香の艶めかしい声が聞こえてくる。

「くああっ。ふ、二人とも……はううっ！」

一物からもたらされる鮮烈な快感を前に、智紀はただひたすら喘ぐことしかできなかった。

遠くからビーチパーティーの賑やかな声が聞こえてくる中、智紀は雨戸を閉め切ったイートインスペースで、二人の美女からダブルパイズリを受けていた。

彼女たちは、競うようにダブルフェラをし始め、このパイズリへと行為をエスカレートさせていった。

今、智紀のペニスは合計四つのふくらみに包まれ、彼女たちの手の動きに合わせて動く乳房からの刺激に見舞われている。

（くうっ。円香さんのオッパイも、美穂さんのオッパイも気持ちよすぎる！）

さすがに、場数と胸の大きさでは美穂が勝っており、その柔らかな感触で分身を擦られると得も言われぬ心地よさがもたらされる。

兄嫁も既婚者で、一般的には巨乳の部類に入るものの、こればかりは比較対象が悪すぎると言えるだろう。もっとも、彼女のバストからもたらされる快感も、充分すぎるほどに強烈なのだが。

とにかく、二人の美女の大きな乳房に一物をスッポリと包まれ、しかも先端近くの部分で熱心に擦られているのだ。これに耐えられる健全な男子など、おそらくこの世に存在しないのではないだろうか？

「んっ、んっ、あんっ、乳首っ、んあっ、擦れてぇ……んあっ、わたしもっ、んはっ、いいっ！　あんっ、んんっ……！」

「んはあっ、これっ、んあっ、癖になりそうっ。んっ、はあっ……！」

円香と美穂が奉仕をし、よがり声を上げながら、そんなことを口にする。

どうやら、向かい合わせになってバストを動かしているため、互いの乳首が擦れ合って快感が発生しているらしい。

そうして頬を紅潮させ、とろけるような表情で喘ぎながらパイズリに熱中する二人の姿を見ているだけで、智紀の興奮ゲージも一気に跳ね上がる。

「ああっ。僕、もうそろそろ……」

込み上げてくるものを堪え切れず、智紀は限界を口にしていた。

「んはっ、本当。先走り、んっ、トロトロ出てきてぇ。智紀、イキそうなんだぁ？　じゃあ……レロロ……」

「ふはあっ。智紀くん、いいわよ。このまま出してぇ。んっ。チロ、チロ……」

美穂だけでなく円香もそう言って、乳房を動かしながら先端に舌を這わせだす。

(くはあっ！　こ、これはダブルパイズリフェラ!?　ここまでしてもらえるなんて、これは本当に現実なのか？)

智紀は、一物からもたらされる鮮烈な快電流に酔いしれながら、そんなことを思わずにはいられなかった。

特に、いくら開き直ったとはいえ、あの貞淑な兄嫁がここまでしてくれるというのが、実際にされていても信じられない気分である。おそらく、対抗心から奔放な美穂に引っ張られる格好で、行為に積極的になっているのだろう。

とにかく、二人がかりのパイズリフェラによってもたらされる快感は、智紀の想像を遥かに超えるものだった。

その心地よさと、ビーチパーティーの喧噪《けんそう》が遠くから聞こえてくる中での行為という興奮に、我慢がたちまち限界を突破してしまう。

「はうぅっ！　もう出る！」

と口走るなり、智紀は二人の美女の顔をめがけて、スペルマを発射していた。

「はああんっ、出たぁぁ！」

「ひゃうんっ！　ばんない《たくさん》！」

美穂と円香が嬉しそうな声をあげながら、白濁のシャワーを顔面で浴びる。

そうして、彼女たちの美貌が白濁液で汚れていく様子が、なんとも淫靡に思えてならない。

やがて、精の放出が終わると、美穂と円香が乳房から一物を解放する。

その途端、智紀は虚脱して近くの椅子に座りこんでいた。

（ふはあ……き、気持ちよすぎて、身体に力が入らないや）

ダブルフェラは経験済みだったが、ダブルパイズリフェラでもたらされた快感はそれとは格別だった、と言っていい。かといって、本番行為とも異なるし、単独のパイズリフェラとも違う。これはまさに、充分なバストサイズの美女に二人がかりで奉仕されたからこそ得られた快楽だろう。

智紀がそんなことを思いながら余韻に浸っている間に、美穂と円香は顔の精液を手で拭って自分の口に運んでいた。

「んっ。んむ……ゴクッ。智紀のサニ《精子》、やっぱり濃いさー」

「ペロ、ペロ……んっ、あんやんばー。孝幸さんのも、ここまでかたさん《そうね》じゃなかったと思うわぁ」

二人は、そんな感想を言いながら、スペルマの処理を進めていく。

そうして、一通り付着していたものを拭い終えると、美穂が立ち上がり、ビキニボトムの紐をほどいて下半身を露わにした。

「はぁ。あたし、もう我慢できないわぁ。智紀のチ×チン、まだまぎー《大きい》ままだし、早く欲しくてたまらんさー」

と言うと、童顔の爆乳美女は椅子に座ったままの智紀にまたがってきた。

「あんっ。美穂、またちむはごー《ズルイ》！」

余韻に浸っていて出遅れた円香が、口を尖らせて抗議の声をあげる。

「円香ねーねー、ちょっとめー《前》に智紀としたんでしょう？　あたし、このところご無沙汰だったんだから、先にさせてよ」

その美穂の反論に、兄嫁は「うっ」と言葉に詰まってしまった。正鵠を射ているだけに、何も言えなくなったようだ。

年齢的には円香のほうが上だが、口の上手さでは爆乳美女に一日の長があるらしい。

「円香ねーねーも納得したところで……それじゃあ、くわっちーさびら《いただきます》」

と、美穂が一物を握って位置を合わせると、すぐに腰を沈めだした。

「んんんっ！　入ってくるぅ！　智紀のチ×チン、やっぱりしっかまぎー《めっちゃ大きい》！」

そう口にしながら、彼女は完全に腰を下ろしきった。そして、智紀に体重を預けるように抱きついてくる。

すると、その大きなバストが智紀の肩のあたりに押しつけられ、ふくよかな感触が広がる。それだけで、自然に新たな興奮が湧き上がってきてしまう。

「んあっ。智紀のチ×チン、あたしの中でビクッてしたぁ。ふふっ、嬉しい。智紀も一緒に、いーあんべー《気持ちよく》になろうさー」

そう言うと、彼女が腰を上下に動かしだした。

すると、一物から鮮烈な性電気が発生する。

「んあっ、あんっ、奥っ、んっ、当たってぇ！　んはっ、こっ、あんっ、声っ、んあっ、我慢っ、あんっ、できないっ！　はんっ、大声っ、あんっ、出ちゃうっ！　はうっ、ああっ……！」

美穂が抽送しながら、中性的な童顔に似つかわしくないよがり声をあげつつ、そんなことを口にした。

海の家があるエリアは、ビーチパーティーをやっている場所からやや離れている。しかし、トイレはこちら側にもあるし、バーベキュー用品を貸し出している売店も近くにあるため、人がやって来るリスクはある。

彼女も、それを気にしているのだろう。

（ど、どうしようかな？）

肉棒と胸の近くからもたらされる心地よさに浸りながら、智紀は爆乳美女の声を抑える術《すべ》に考えを巡らせた。

だが、こちらがアイデアを思いつくより先に、美穂が唇を重ねてきた。

「んんっ！　んむっ、んんっ！　んじゅ、んむっ、んっ、んっ……！」

キスで自らの声を殺しながら、彼女が腰の動きをより大きく速くする。大声が出なくなったことで、自分を抑えられなくなったらしい。

（ううっ。美穂さんの匂い……それに、精液の匂いもして……）

顔射した上、スペルマを口に含んでいたこともあり、彼女からは女性の香りだけでなく嗅ぎ慣れたイカ臭い匂いも漂ってきた。しかし、それすらも今は興奮材料になる気がする。

「んあっ、美穂ぉ。あんっ、羨ましい。んっ、ああっ……」

横から、そんな兄嫁の熱い吐息混じりの喘ぎ声が聞こえてきた。

顔を動かせないため目だけ向けてみると、いつの間にかビキニボトムを脱いだ円香が、ペタン座りをしたままこちらを見つめて、自分の胸と股間をまさぐっていた。

（円香さんのオナニー……）

女性の自慰を生で見るのは、智紀も初めてのことである。

その煽情的な光景だけで、興奮が煽られてしまう。

「んはっ、智紀？　んはあっ、智紀もっ、あんっ、動いてぇ。んちゅっ。んむ、んんっ、んっ……」

いったん唇を離し、美穂がそう訴えて再びキスをしてくる。

彼女の求めに応じて、智紀はその細い腰に腕を回すと小さな突き上げを始めた。

「んんーっ！　んっ、んむぅぅ！　んんっ、んむむっ！　んっ、むふうっ……！」

重ねた唇の間から、童顔の爆乳美女の切羽詰まった嬌声がこぼれ出る。

そうして二人の動きがシンクロすると、ペニスからもたらされる心地よさも一気に増大する。

（くうっ。もうイキそうだ！）

智紀は、予想より早く射精感が込み上げてくるのを抑えられずにいた。

もっとも、海の家で美穂とキスをしながら爆乳を押しつけられて本番行為をしている上に、それを円香に見られているのだ。おまけに、その兄嫁はこちらを見ながら自慰をしている。

このようなシチュエーションが、通常とは異なる昂りをもたらして射精感を早めたとしても、まったく不思議なことはあるまい。

美穂のほうも、絡みつくような感触の膣肉が激しい収縮を始めていることから、絶頂間際になっているのは間違いないだろう。

しかし、爆乳美女は腰の動きを小刻みにしたが、上からどく気配を見せなかった。キスをしたままなので言葉はないが、彼女の望みはこの行動からも伝わってくる。

(また中出し……こっちも、このまま出したいし、ちょうどいいかな？)

既に二度していることだけに、智紀はすっかり開き直った心境になっていた。

どのみち、対面座位でしっかり抱きつかれている以上、強引に女性をどかすのは難しい。であれば、このまま最後までするしかないだろう。

そう考えた智紀は、動きにくさを感じながらも、どうにか抽送を早めた。

「んっ、んっ、んむうっ……んんっ、んんっ、んむうううぅぅぅぅぅぅぅ!!」

美穂が、くぐもった声を漏らすなり動きを止め、身体を強張らせる。

同時に膣肉が妖しい蠢きを強めて、その刺激で限界を迎えた智紀は、彼女の中にスペルマを発射していた。

4

「ぷはあぁ……中に、いっぱい出たぁ」

射精が終わると、唇を離した美穂が満足げな表情を浮かべながら言った。

それから、彼女は腰を持ち上げ、「んあっ」と声をあげつつペニスを抜く。

そうして智紀の横に立った途端、童顔の爆乳美女はそのまま床にへたり込んだ。

「はぁー。智紀のチ×チン、すごすぎて腰が立たなくなっちゃったさー。こんなの、初めてぇ」

美穂が、放心したような言葉を漏らす。その陶酔しきった表情を見た限り、彼女も今までにないくらい興奮していたのは間違いなさそうだ。

「智紀くんの夕ニ《オチ×チン》、まだまぎー《大きい》ままね？　わたしも、なー《もう》我慢ならんさー」

そう言うなり、円香が余韻に浸っていたこちらの返事も聞かずに、背を向けてまたがってきた。

どうやら、美穂が対面座位だったので、自分は背面座位をするつもりらしい。

実際、智紀の陰茎はまだ充分な勃起を保っており、もう一回戦くらいは問題なくできそうではある。

兄嫁は、精液と幼馴染みの愛液にまみれた一物を握り、秘裂と位置を合わせた。そして、ためらう素振りも見せずに腰を下ろし、挿入を開始する。

「んんんっ！　んはあっ、これぇ！　智紀くんの、夕ニ《オチ×チン》来たぁぁ！」

挿入しながら、彼女が歓喜の声をあげる。

しかし、いささか声が大きすぎる気がしてならない。このボリュームだと、外に声がこぼれているのではないだろうか？

だが、円香はそんなことを気にする様子もなく、腰を下ろしきった。

「んはああ……これ、やっぱりすごいぃぃ。奥まで届いて、ホーミー《オマ×コ》広げられちゃっているさー」

兄嫁が、陶酔した声を漏らし、それからすぐに腰をくねらせるように動かし始めた。

「んあっ、あんっ、まぎー《大きい》ターニ《オチ×チン》ッ、あんっ、中っ、んあっ、かき回されてぇ！　ふはっ、ああっ、いーあんべー《気持ちいい》！　あんっ、はああっ……！」

円香が、たちまち嬉しそうによがりだす。

「くっ。円香さんの中も、うねってすごく気持ちいいっす」

智紀も、もたらされた快感に酔いしれ、そう口にしていた。

実際、過去の経験と比べても、今回は膣肉の蠢き方が激しい気がする。腰の動きが違うこともあろうが、彼女が幼馴染みにセックスを見られて、いつになく興奮している可能性のほうが高いだろう。

「んあっ、智紀くんっ、あふっ、ちー《オッパイ》揉んでぇ！」

円香が腰を動かしながら、そう求めてくる。

智紀は、半ば本能的にそのリクエストに従って、彼女の両乳房を後ろから鷲摑みにした。そして、指に力を入れてグニグニと揉みしだきだす。

「はぁん、これぇ！　ああっ、これっ、ひゃうんっ、でーじ《すごく》いーあんべー《気持ちいい》！　ああっ、はううっ……！」

と、円香が甲高い悦びの声をあげる。

「円香さん？　声、大きすぎじゃ？」

「ああっ、でもぉ！　んはっ、いーあんべー《気持ちよ》すぎてっ、あんっ、にじゅん《我慢》できんのっ！　はあっ、ああっ……！」

智紀の指摘に、兄嫁が動きながら応じる。どうやら、手を口に当てて喘ぎ声を抑えるというのも、快感にドップリと溺れている今は難しいようだ。

「んもう。円香ねーねーは仕方ないさー。あたしが、手伝ってあげる」

床にへたり込んで、こちらを羨ましそうに見ていた美穂が、そう言って立ち上がった。それから、円香に近づくなりキスをしてその唇を塞ぐ。

「んんーっ!?　んっ、んむうっ！　んんっ、んむむっ……！」

兄嫁の口から、くぐもった驚きの声がこぼれ出る。

智紀の位置からは顔を見ることができないものの、目を丸くしているのは間違いあるまい。同性の年下の幼馴染みからキスをされるとは、おそらく想像もしていなかったのだろう。

とはいえ、これで心おきなく行為を続けられるのも事実である。

そう考えた智紀は、胸の頂点で存在感を増した突起を摘まみ、ダイヤルを回すようにクリクリと愛撫を始めた。

「んんんっ！　んむっ、んんんっ、んむうううっ……！」

円香が、塞がれた口からくぐもった喘ぎ声をこぼしながら、身体をビクビクと小刻みに震わせる。

彼女の表情を見られなくても、膣肉の蠢きが激しくなったことから、相当に感じているのは伝わってきた。

(ああ、美穂さんに手伝ってもらいながら、円香さんにこんなことをして……円香さんの体温と匂い、それにオッパイとオマ×コの感触が気持ちよくて……くうっ、なんかもうイキそうだ！)

行為に夢中になっていると、智紀の腰に早くも熱いものが込み上げてきた。

既に二度発射しているので、もう少し耐えられるかと思ったのだが、このシチュエーションで得られる興奮は予想を遥かに超えていたようである。

加えて、もともと絶品な兄嫁の膣肉が収縮を始めて、一物に甘美な刺激をもたらしているのも射精感が湧き上がってきた要因だろう。

また、この膣の蠢き方が彼女の絶頂の予兆なのも、もう分かっていることだ。

「んっ、んっ、んむっ、んっ、んっ……！」

円香のほうも、自分の限界が近いことを察したのか、声を漏らしながら腰の動きを小刻みにして速度を上げた。唇を塞がれているため言葉はないが、彼女が何を望んでいるかは否応なく伝わってくる。

そこで智紀は、義姉の動きに合わせて腰を小さく突き上げだした。同時に、再び胸を鷲摑みにして揉みしだく。

「んんーっ！　んむっ、んじゅっ、んんんっ……！　ふああっ、それぇ！」

兄嫁が、美穂の唇を振り払っておとがいを反らしながら、甲高い喘ぎ声を室内に響かせた。さすがに、これ以上は声を我慢しきれなくなったらしい。

「あいっ。もう、円香ねーねーったら。んちゅっ。んっ、んむっ……」

爆乳美女が、慌てた様子で円香の顔を強引に下げ、再び唇を押しつけて声を封じる。

「んんんっ！　んむっ、んっ、んっ……！」

円香は、塞がれた口から切羽詰まったよがり声を漏らし続けた。

それと同時に、膣肉の陰茎への絡みつきがいっそう激しくなった。おかげで、粒状のものによるペニスへの刺激がますます強まる。

（二人のやり取りもエロいし、この感触……くうっ。さすがに、もう我慢できない！）

興奮の限界に達した智紀は、「くっ、出る！」と口走るなり、動きを止めた。同時に、スペルマを発射して兄嫁の中を満たす。

「むんんんんんんんんっ!!」

途端に、円香もくぐもった絶頂の声をあげて、全身を強張らせた。

5

（こ、これは……）

海の家が定休日のある日、智紀はやや日が傾いてできた砂浜の岩陰で、言葉もなく立ち尽くしていた。

何しろ、智紀の前には、香奈子と円香がついさっき買ったばかりの水着姿で、琉球石灰岩の壁を背に並んで立っているのだ。

香奈子が着用しているのは、ピンク色をベースにしたカラフルなチューブトップのビキニである。ただ、チューブトップとはいえトップスの中央が空いているため、ふくらみ全体は隠されながらも谷間だけが見えている。それが、逆に煽情的に思えてならない。

また、Tシャツを着ていないからか、少し恥ずかしそうにしているその姿が、彼女の美しさを引き立てているような気がする。

円香のほうは、黒地に白いドット柄の布面積が小さめの三角ビキニを着用していた。いつもの水着より布面積が少ないこともあり、美穂ほどではないが充分な大きさのふくらみが半分近く見えていて、彼女の魅力をいっそう増大させている。

兄嫁は、妹と違って大胆な水着を身につけていても、恥ずかしがる様子もなく穏やかな笑みを浮かべていた。これは、やはり既婚者ならではの余裕なのだろうか？

智紀たちがいるのは、岩に囲まれたひと気のない小さな砂浜だった。

ここは、前に円香と関係を持ったのとは別のところだが、岩場に囲まれていて周囲から見えず、かつ日陰がある小さな砂浜、という意味では似たような場所である。

ただ、この近くには海水浴場やダイビングスポットがあるわけでもないので、おそらく観光客は存在に気付きもしないだろう。

また、地元の人間がいないのも、せいぜい四畳分くらいしか砂場がなく、ここではビーチパーティーなどもできないからに違いあるまい。

もっとも、円香と香奈子が智紀をここに連れて来たのは、「新しい水着姿を、外で智紀に見てもらいたい」という理由だった。泳ぐ気はなく、いささか大胆な水着を衆人環視に晒す気もないのなら、この小さな砂浜はまさにうってつけと言えるだろう。

(それにしても、どうしてこうなった？)

智紀は、我が身に起こったことが、未だに信じられずにいた。

エメラルド・オーシャンの定休日の今日、美穂は専門学校時代の友人と会うため、朝早くから那覇に出かけていた。

そのため、昼食後に円香と香奈子と三人で、車で少し行ったところにある大きなショッピングモールに行くことになったのである。

ただ、思えばモールを散策しだしたとき、二人が両側から腕をしっかり抱え、恋人にするように身体を密着させてきたことが、こうなる前触れだったのかもしれない。

もっとも、そのときは腕から伝わってくるブラジャーに包まれた二人の胸の感触を前に、股間のモノがふくらまないように我慢するだけで精一杯だったのだが。

それにしても、見目麗《みめうるわ》しい美人姉妹に左右から抱きつかれている様は、端《はた》からはまさに両手に花に見えただろう。とはいえ、男性客らの殺気を含んだ嫉妬の視線があまりにも痛くて、智紀としては幸せを噛みしめるよりも、逃げ出したい気持ちのほうが強かったのだが。

そんなこともありつつ、二人が向かったのは女性物の水着を売っている店だった。ただ、彼女たちが腕を組んだまま店に入ろうとしたため、智紀は慌てて断ろうとした。しかし、「智紀のために水着を選ぶんだから」と香奈子に言われ、そのまま強引に連れ込まれてしまったのである。そもそも、両腕をしっかりホールドされていては、逃げたくても逃げられない。

結局、智紀は一緒に店へ入り、二人の水着選びに付き合わされたのだった。

ところが、水着を買うと円香が、「せっかくだから、外で着たいわね」と言い出した。それにポニーテール美女も賛同し、智紀の意見を聞かないまま車を走らせて、この場所に向かったのである。そうして、現在の状況に至っている次第だ。

「智紀くん、わたしたちの水着、外で見てどうかしら？」

兄嫁から声をかけられ、智紀はようやく我に返った。

「あっ、その……とっても魅力的で……」

どうにかそう感想を捻り出すと、円香と香奈子が嬉しそうな笑みを浮かべる。

　実際、店の中で試着した姿は見ていたが、こうして抜けるような青い空とエメラルドグリーンとコバルトブルーが入り混じった美しい海を背景にすると、水着姿の二人はいっそうチャーミングに見えた。

　海の家で働いていると、もっと大胆な水着を着用した女性客を目にすることもある。だが、身体の関係を持っている美女たちが、自分のためだけに水着を買い、その姿を見せてくれているという事実だけで、客のものとはまったく異なる印象になるのだ。

　とにかく、彼女たちのこの姿をこうして独り占めできていることが、今は何より嬉しく思えてならない。

「そ、それで、どっちの水着が魅力的だと思う？」

　香奈子が、モジモジしながら上目遣いに訊いてきた。

「いや、その……両方とも、えっと、とてもじょーとーだと思います」

　智紀は、そう答えるしかなかった。

　沖縄では、「じょーとー（上等）」は「よい」「ナイス」といったニュアンスの褒め言葉としてよく使われている。うちなんちゅの女性に対しては、最大限の称賛と言っていいだろう。もっとも、他に言いようがなかった、というのもあるのだが。

　それでも、二人は満足げに微笑み合って、それから改めて智紀のほうを見た。

「ところで……智紀くん？　わざわざここに来た理由が、買ったばかりの水着を見せたいからってだけじゃないのは、想像がついているわよね？」

「最近、仕事がいちゅなさんで《忙しくて》、ちっともエッチできてないし、せっかくだから今日はねーねーと一緒にして欲しいわけさー」

姉妹の言葉に、智紀は「はっ？」と素っ頓狂な声をあげていた。

もちろん、こんなひと気のない場所に来たのだから、そういう展開を期待していなかったと言ったら嘘になる。しかし、本当に二人から求められると、さすがに戸惑いを禁じ得ない。

「智紀くん！」「智紀！」

こちらが唖然としていると、彼女たちが揃って抱きついてきた。

隙を突かれた格好になり、その勢いを受け止めきれなかった智紀は、そのまま砂浜に尻餅をついてしまう。

（ふ、二人のオッパイの感触と体温が……）

もともと、ショッピングセンターでも胸を押しつけられたりしていたせいで、智紀の中ではセックスへの欲求が高まっていた。そこに、服を着ているとき以上に生々しい感触が伝わってきては、これを我慢するのも難しい。

それに、香奈子の言うとおり、ここ数日のエメラルド・オーシャンは、特製沖縄焼きそばの評判もあって客足が伸びていた。しかも、好天に恵まれて遊泳禁止がなかったこともあり、それこそ開店から閉店するまで、休憩時間以外はひたすら働きづめだったのである。

おかげで、このところは一人で性欲を発散する余裕すらなかった。

そのため、こうして久しぶりに女体のぬくもりや柔らかさを感じると、それだけで自然に股間のモノが硬くなってきてしまう。

すると、円香がズボンの上から手を這わせてきた。

「智紀くんのタニ《オチ×チン》、なーまぎく《もう大きく》なってきたさー」

股間の感触を確かめた兄嫁が、なんとも嬉しそうな表情を浮かべて言う。

「ふんとー《本当》やさ。ズボン越しでも、まぎく《大きく》なってきたの、はっきり分かる」

香奈子も、横から一物に手を這わせて、少し恥ずかしそうに言った。

「それじゃあ、ズボンを脱がしちゃいましょうねぇ？」

円香がそう言って、智紀のジーンズのベルトを外しだす。

「ねーねー、香奈子ぉも手伝う」

と、ポニーテール美女もズボンのボタンを外してファスナーを開ける。

智紀のほうは、突然のことに思考が停止してしまい、すっかり二人にされるがままになっていた。

もっとも、彼女たちの水着姿に興奮を覚えていたので、迫られて拒む選択肢など取りようがなかったのだが。

そうこうしているうちに、美人姉妹は智紀のズボンとパンツを脱がし、勃起した肉棒を露わにしていた。

「あ、あの、二人とも、どうして……？」

そこで智紀は、ようやく疑問の声をあげていた。

二人が共に、自分のペニスを気に入ってくれたのは知っている。ただ、奔放な美穂が絡むならともかく、真面目な姉妹が揃って自らこんなことをしてくる、というのはあまりに予想外だった。

特に、香奈子は智紀のことを本気で好《す》いてくれているはずである。普通、姉と一緒になって好きな男に抱かれようなどと、思わないのではないだろうか？

「実はわたしたち、美穂も交えて三人で話し合っていたさー。それに、智紀くんがわたしたちとの関係に結論を出せずにいることも、分かっているつもり」

「あんくとぅ《だから》、ねーねーと美穂ねーねーとは、智紀がたー《誰》を選んでも恨みっこなしって、約束したさー。その代わり、あんないかんない智紀に気に入ってもらおうと思ったわけ」

こちらの疑問に対して、円香と香奈子が口々に打ち明けた。

なるほど、彼女たちは既にそれぞれの関係を告白し合っていたらしい。

確かに、美穂は香奈子と円香と3Pをしているので、当然すべてを知っている。そうであれば、姉妹が各々のことを話すのも自然な流れと言えるかもしれない。

どうやら、二人がショッピングモールからベタベタしてきていたのは、アプローチ合戦の意味合いもあったようだ。

また、智紀に思いを寄せている香奈子としても、処女を捧げた責任云々《うんぬん》で男を縛るのは本意ではないらしい。おそらく、どうせなら智紀自身の意志で自分を選んでもらいたい、と思っているのだろう。

そんな彼女たちの気遣いに、己の優柔不断さに罪悪感を覚えていた智紀も、胸が熱くなるのを禁じ得なかった。

(僕が選ぶまで待ってくれるなんて……ありがたいけど、なんだか責任重大って気もするなぁ)

一人を選べば、残りの二人を泣かせることになるだろう。しかし、どうにか全員が幸せになる方法はないものか、と思わずにはいられない。

智紀がそんなことを考えていると、姉妹が揃って肉棒に顔を近づけてきた。

「はぁ。智紀くんのタニ《オチ×チン》、やっぱり立派さー。これを知ったら、もう他の人となんてできないわ」

「香奈子ぉ、智紀のしか知らないやしが《けど》、そんなに違うの？」

姉の感想に、香奈子がそう言って首をかしげる。

「あんやんばー《そうね》。このタニ《オチ×チン》を基準にしたら、満足できるいきが《男》を見つけるのは大変だと思うさー」

「へぇ。やしが《だけど》、香奈子ぉは智紀以外の人とエッチする気はないからぁ」

そんなことを言いながら、二人は勃起に口を近づけた。そして、舌を出すと同時に舐めてくる。

「んっ。レロロ……」

「チロ、ピチャ、ピチャ……」

「くうっ！　そ、それっ……はううっ！」

円香と香奈子の舌が先端に触れた途端、鮮烈な性電気が脊髄を貫き、智紀は思わずのけ反って声をあげていた。

舌が亀頭を這ったときの心地よさは、何度されても慣れることがなかった。それを二人同時にされると、快感が二倍以上に強まる気がしてならない。

「レロ、レロ、チロロ……」

「ンロ、んふっ、ピチャ、チロ……」

姉妹が、思い思いに舌を動かして一物を蹂躙する。

「あうっ！　それは……はうっ！　よ、よすぎっ……くうっ！」

分身からもたらされる性電気の強さに、智紀はあっという間に翻弄《ほんろう》されていた。

ダブルフェラ自体は既に経験しているが、外では初めての経験である。ましてや、日が傾きつつあるとはいえ、まだ白昼と言ってもいい時間に、いつ誰が来るとも知れない場所だ。こんなところで情事に耽っているというだけで、激しい興奮材料になる。

ましてや、姉妹による行為、いわゆる姉妹丼なのだ。これには美穂と香奈子、あるいは美穂と円香のときとは異なる、背徳的な昂りを覚えずにはいられない。

「レロロ……んふっ、智紀くぅん……チロ、チロ……」

「ンロロ……ふはあ。ねーねー、そんなところぉ。じゃあ、香奈子ぉはこっちぃ。んつ、レロ、レロ……」

円香が陰嚢《いんのう》を舐めだすと、香奈子も竿を持ち上げて裏筋を舐め上げだした。

（うおっ。これ、よすぎ……それに、相談もしていないのに息がピッタリ合っていて……さすが姉妹だな）

もたらされた強烈な快感に酔いしれながら、智紀はそんなことを思っていた。

もちろん、舌使いという意味ではポニーテール美女のものは、まだ稚拙と言ってい い。だが、兄嫁の動きと合わさると、そのぎこちなさがむしろ心地よく思えてならなかった。

もしかしたら、経験値の高い円香が、経験不足で舌使いが拙《つたな》い妹に合わせているだけ、というのはあり得る。それでも、息の合い方は美穂を交えてしたときよりも明らかに上に感じられた。やはり、これは血の繋がった姉妹ならではのシンクロ具合なのかもしれない。

（くっ。もうヤバイ！）

智紀は、たちまち射精感が込み上げてくるのを感じていた。

もともと、ここ数日は性欲の処理をしていなかったのである。その状態で、これほど甘美な快感を与えられたら、堪えることなど不可能と言っていい。

「チロロ……んあっ。智紀の先っぽからお汁が出てきたぁ」

カウパー氏腺液に気付いた香奈子が、舌を離してそんなことを言う。

「ふはっ。本当。それじゃあ、最後はタイで、ねっ？」

その円香の言葉に、ポニーテール美女も「うん」と頷いた。これだけで通じ合えるのも、仲のよい姉妹だからだろうか？

二人《ふたり》は再び先端に舌を近づけた。そして、左右から縦割れの唇の近くに、先走り汁を舐め取るように舌を這わせてくる。

「レロロ、ンロ、ンロ……」

「んふっ、ピチャ、チロ……」

「ふほおっ！　そこっ……ううっ、本当にもうっ……」

円香と香奈子の舌が先っぽを這い回りだした瞬間、鮮烈な快感が脳天を貫いて智紀は思わず切羽詰まった声をあげていた。

しかし、二人が行為をやめる気配はまったくない。これが何を意味しているかは、いちいち考えるまでもなく明らかだ。

そう意識した途端、たちまち限界に達した智紀は、「ううっ！」と呻くなり、姉妹の顔面をめがけて白濁のシャワーを浴びせていた。

6

「智紀ぃ。香奈子ぉ、もう我慢できないぃ。ふぇーく《早く》智紀のタニ《オチ×チン》いりてぇ《ちょうだい》」

「あん、香奈子ったら。智紀くん、わたしもぉ。わたしにも、ふぇーく《早く》智紀くんのたくましいタニ《オチ×チン》、挿《い》れて欲しいさー」

顔に付着したスペルマを処理し終えるなり、二人が口々に求めてきた。

どちらも目を潤ませ、また顔を紅潮させており、すっかり発情しているのは明らかである。

実際、彼女たちのビキニボトムの股間には、愛撫していないにも拘わらず大きなシミができていた。これだけ興奮しているのであれば、前戯の必要もなさそうだ。

智紀のほうも、一発出したとはいえ挿入への欲求を覚えていたので、二人の求めは渡りに船と言える。

(とはいえ、こんな状態でどっちかを待たせると、角《かど》が立ちそうな気がするぞ)

双考えると、できる体位は一つしか思いつかない。

「じゃあ、二人とも下を脱いで、並んで四つん這いになってもらっていいっすか？」

「えっ？　あ、うん」

「あらあら。ふふっ、分かったわ」

智紀の指示に、香奈子はやや困惑気味に、円香は意図を察して笑みを浮かべて了承してくれた。

そして、二人はビキニボトムを脱いで下半身を露わにすると、リクエストどおりに並んで四つん這いになり、ヒップをこちらに突き出す。

すると、二つの秘部が智紀の眼前に晒された。

案の定と言うべきか、どちらも蜜が溢れており、太股には透明な液体が筋を作っていた。とはいえ、この濡れ具合でいきなり挿入していいものか、少々判断に迷うところではある。

そこで智紀は、両手の指をそれぞれの秘裂に這わせた。

「はああぁぁん！」「ひゃうぅぅん！」

割れ目に触れただけで、姉妹の口から甲高くも艶めかしい声がこぼれ出る。

愛液が絡みついてくるのを感じながら、智紀は筋に沿って指を動かしだした。

「はあっ、あんっ、いーびぃ《指》！　あんっ、これもっ、いーあんべー《気持ちいい》っ！　あんっ、はあっ、んあっ……！」

「きゃふっ、智紀っ、ああっ、それぇ！　あんっ、そこっ、はうっ、かっ、感じちゃうっ！　はううっ、あんっ……！」

愛撫に合わせて、円香と香奈子が揃って喘ぎ声をあたりに響かせる。

そうした行為を続けていると、間もなく二人の源泉から溢れ出す蜜の量が増して、砂にポタポタとこぼれ落ち始めた。

（そろそろ、本当に大丈夫そうだな）

そう判断した智紀は、指を離して香奈子に一物をあてがった。

「はうぅん。うっさん。嬉《し》い《い》。香奈子ぉが、ねーねーよりさちぃ《先》」

先端が触れた途端、ポニーテール美女がなんとも嬉しそうな声をあげる。

（香奈子さんとは、円香さんよりも間隔が空いているから、先にしてあげようと思っただけなんだけど……）

ここまで悦ばれると、逆に困惑せざるを得ない。ただ、だからと言って「やっぱり円香さんを先に」と言うわけにもいくまい。

兄嫁のほうは、義弟の気持ちを分かっているらしく、少し羨ましそうな表情を浮かべてこちらを見ているものの、特に文句を口にするようなこともなかった。

そこで、智紀は思い切ってそのまま挿入を開始した。

「んあああっ！　智紀のタニ《オチ×チン》、来たぁぁ！」

香奈子がポニーテールを揺らしながら、悦びの声をあげて一物を受け入れる。どうやら、もうすっかり挿入に慣れたらしい。

そうして奥まで挿れると、智紀は片手の指を円香の秘部に這わせ、割れ目に差し込んだ。

「はああっ！　いーび《指》、入ってくるぅ！」

と、兄嫁も嬉しそうな声をこぼす。

それから智紀は、腰を動かし始めた。同時に、指も秘部をグリグリとかき回すように動かしだす。

「はあっ、タニ《オチ×チン》ッ！　あんっ、いいっ！　はうっ、あんっ……！」

「ああんっ、いーび《指》ぃ！　んはっ、これぇ！　ああっ、ひゃうっ……！」

美人姉妹が、甲高いよがり声のハーモニーをあたりに響かせる。

(やった。やっぱり、これなら二人をまとめて感じさせられるな)

智紀は、腰と指を動かしながら、自分の狙いが上手くいったことに内心で胸を撫で下ろしていた。

美穂と香奈子に交互突きをしたときは、どうしても片方を待たせることになってしまった。だが、これならばペニスを挿入していないほうにも、一緒に快感を与えることができる。しかも、喘ぎ声の二重奏をしっかり愉しむこともできるのだ。

ひとしきり抽送と愛撫をすると、智紀はいったん分身と指を二人から抜いた。

そして、今度は円香に肉棒を挿入し、香奈子の膣に指を挿《い》れる。

「はああんっ！　まぎー《大きい》タニッ《オチ×チン》、入ってきたぁ！」

「ひゃふうんっ！　今度はいーびっ《指》、来たよぉぉ！」

と、二人が揃って悦びの声をあげる。

そうして挿入し終えると、智紀は再び陰茎と指による抽送を開始した。

「はぁっ、あっ、あんっ、タニッ《オチ×チン》、ああっ、奥までっ、あんっ、届いてぇ！　はあっ、いいっ！　あんっ、はうっ……！」

「ひゃうっ、いーびぃ《指》！　ああっ、これもっ、はうっ、感じてぇ！　あんっ、あうっ、きゃふうっ……！」

円香と香奈子が、また揃って艶めかしい喘ぎ声をあたりに響かせる。

(姉妹だからなのか、オマ×コの感触がかなり似ているな)

ピストン運動をしながら、智紀はそんなことを思っていた。

もちろん、まだ経験が少ない香奈子の膣のほうが狭さを感じるし、他の男を知らないぶんだけ自分の一物に馴染んでいるような感覚がある。

とはいえ、吸いつくような感触に微妙な粒感が混じっている円香の中も、抽送のたびに鮮烈な快感がもたらされて、何度味わっても飽きることがない。

ようするに、どちらも甲乙《こうおつ》を付け難い絶品の感触なのだ。この姉妹を同時に抱いているだけでも、最高の贅沢だと言えるだろう。

そんなことを思いながら、智紀はひとしきりピストン運動をして、ポニーテール美女から指を、そして兄嫁から一物を抜いた。

「んはあっ！　タニ《オチ×チン》、戻ってきたぁ！」

再び肉棒を挿入するのと同時に、香奈子が悦びの声をあげる。

そうして、ペニスを奥まで挿れてから、指を円香の膣に差し込んだ。

「はううっ！　いーび《指》もいいぃぃ！」

兄嫁もおとがいを反らし、なんとも嬉しそうに鳴く。

それから、智紀はまたダブル抽送を開始した。

「ひううっ！　あんっ、タニッ《オチ×チン》、あんっ、子宮っ、はうっ、来てるさー！　あんっ、はあっ、ああっ……！」

「ああっ、いーび《指》っ、はうっ、これもっ、あんっ、かき回されてぇ！　ああっ、ひゃ

に分身を挿入する。

そうして何度かピストン運動をして二人の喘ぎ声を堪能してから一物を抜き、兄嫁

たちまち、香奈子と円香が揃って喘ぎだす。

うんっ……！」

な？）

（やっぱり、お互い対抗心を持っているから、そのぶん感じやすくなっているのか

と、二人が甲高い嬌声を発する。

いっ！　はうっ、ああっ……！」

「はあんっ、いーび《指》もいいっ！　ああっ、でもっ、あんっ、タニ《オチ×チン》がっ、はうっ、欲し

っぱりじょーとー！　はうっ、あんっ、ひゃうっ……！」

「はうっ、あんっ、奥までっ、ああっ、来てぇ！　あんっ、智紀くんのタニッ《オチ×チン》、や

そうして、智紀はまたペニスと指による同時抽送を開始した。

香奈子のほうも、指が秘裂に入るなり嬉しそうな声をあげる。

「ふああんっ！　いーびぃ《指》！　ああっ、これもぉ！」

一物の進入に合わせて、義姉が歓喜の声をこぼす。

「はううっ！　智紀くんのタニぃ《オチ×チン》！」

彼女たちの反応を見ながら、智紀はそんな感想を抱いていた。

美穂を交えて3Pしたときと比べても、二人の反応はやけにいいように思える。外での行為ということもあろうが、姉妹が肩を並べて一人の男にされている、という構図に、彼女たちが背徳的な興奮を覚えているとしても不思議なことはあるまい。

そうしてピストン運動をしていると、身体中から汗が噴き出して、体力が奪われていくのを感じる。

とはいえ、今さら行為をやめる気も起きなかった。

何しろ、青い空と美しい海を見ながら美人姉妹の淫らな姿を眺め、波の音に二人の喘ぎ声も重なっているのだ。

ただ、こんな場所でこのような大声をいつまでも出していたら、もしかしたら本当に誰かに見つかってしまうかもしれない。

そんなスリルに、膣肉の感触の違いも加わって、智紀の牡の本能はどうしようもなく刺激されていた。ここまで昂ると、もはや達するまで自分の意思では止められそうにない。

そうして、いったい何度交互突きをしたのか分からなくなって、香奈子にペニスを挿入して突いていたとき、いよいよ射精感が湧き上がってきた。

「くっ。僕、そろそろ……」

「んはあっ、香奈子ぉも、もうイキそう！　ああっ、智紀ぃ！　あんっ、このまっ、はうっ、中に出してぇ！」

と、ポニーテール美女が求めてくる。

「あんっ、智紀くんっ、はあっ、わたしもぉ！　あんっ、わたしもっ、ああっ、もうイキそうだからぁ！　はうっ、ねえっ？　あんっ、中にっ、ああっ、欲しいのぉ！」

指の愛撫で喘ぎながら、兄嫁もそう訴えてきた。

（くうっ。また、二人同時に……だけど、これは期待に応えるしかない！）

そう考えた智紀は、腰と指の動きを速めた。

「あんっ、あんっ、ああっ、もうっ……イクううううぅぅぅぅぅぅぅ!!」

香奈子が大きくのけ反り、エクスタシーの声を天に響かせる。

同時に膣肉が収縮し、その刺激で限界を迎えた智紀は「はううっ」と呻くなり彼女の中にスペルマを発射した。

できれば、このまま出し尽くしたかったが、智紀は射精途中で腰を引いてペニスを抜いた。そして、急いで兄嫁に挿入し、腰を荒々しく動かす。

「はあっ、入ってぇ！　わたしもっ、ああっ、もうっ、あんっ、イクのぉ！　んはああああああぁぁぁぁぁぁぁ!!」

円香も、たちまちおとがいを反らして絶頂の声を空に向けて張りあげた。

それに合わせて膣肉が妖しく蠢き、肉棒全体に甘美な刺激をもたらす。

「うおっ。これっ……出る！」

思わず呻き声をあげた智紀は、精を搾り取られるような感覚に見舞われながら、スペルマを最後の一滴まで兄嫁の中に注ぎ込んでいた。

エピローグ

旧盆が過ぎ、八月の終わりが近づいて、海の家エメラルド・オーシャンの営業日もいよいよ残りわずかとなった。夏休みが終盤になったこともあり、最近は海水浴客も一時期より目に見えて減っている。

それでも、エメラルド・オーシャンは今日も盛況で、智紀たちは相変わらず朝からてんてこ舞いになりながら働いていた。

ちなみに、美穂の特製沖縄焼きそばの評判がよかったおかげで、店の売り上げはオープン前の見込みを大きく上回ることが、既に確定しているらしい。そのため、円香は「約束のお給料に、ボーナスもつけられるさー」と笑顔で言ってくれた。

智紀自身も、海の家のアルバイトを始めたときは、正直どうなることかという心配が先に立っていた。だが、色々と迷惑をかけたりはしたものの、一応は仕事で貢献できたことに安堵の気持ちがある。

ただ、同時に智紀は寂しさも感じずにはいられなかった。

（もうすぐ、海の家の営業も終わりか。そうしたら、僕は東京に戻らなきゃいけないんだよなぁ）

手を動かしながらも、そんな思いが脳裏をよぎる。

大学の夏休みは九月半ばまであるものの、智紀が受講している授業には宿題が出ているものもあった。

しかし、何しろ夏休みになるなり沖縄へ来たため、当然の如く宿題はまったくの手つかずである。

実は、こちらで少しはやるつもりで宿題を持ってきていた。だが、ずっとそれどころではなく、すっかり無駄な荷物になってしまった感がある。したがって、海の家の営業が終わり次第、帰京して取り組まないと、おそらく提出に間に合わないだろう。

ただし、東京に戻れば当然、関係を深めた円香たちとも離れればなれになる。

沖縄に来るまで童貞だった自分が、三人のちゅらかーぎー《美人》と立て続けに深い仲になれたことは、この上ない幸せと言えた。

もっとも、関係を打ち明け合ったせいか、最近は三人とも円香の家にいても遠慮なくアプローチをかけ、セックスを求めてくるようになっていた。おかげで、智紀は夜な夜な彼女たちの相手をする羽目になったのである。そのせいで、ますます宿題に手をつけられなかったのは否めない。

やることがあるなら、拒めばいいだけなのだろう。しかし、女体を知ってまだ日が浅い若い男が、美女たちからの求めを振り切れるはずがなく、結局は翌日に影響がない範囲で毎晩のように情事に耽る、ということを繰り返していた。

とにもかくにも、未練がましく帰京を遅らせると大変になる、と分かっている以上、後ろ髪を引かれる思いはあっても帰らなくてはなるまい。

それに、異なる魅力を持つ三人の中から誰を選ぶのか、その場合に他の二人をどうするのか、ということにも、智紀は結論を出せずにいた。

とにかく、肌を重ねているとそれぞれに愛《いと》おしさが湧いてきて、どうしても一人を選ぶことができないのである。

（いったん三人と距離を置くことで、自分の心を整理できるかもしれないからな）

そんなことを思いながらも、智紀はひたすら働き続け、今日も無事に海の家の閉店時刻を迎えたのだった。

智紀が雨戸を閉め終えると、テイクアウト窓口から西日が差し込んできて室内を照らす。まだ十八時半前だが、この時期になるとあと三十分ほどで日没を迎えるため、既にかなり日が傾いて奥まで明るくなっている。

気温も昼間より下がり、海水浴客があらかたいなくなった海岸では、ビーチパーティーに興じるうちなんちゅの賑やかな声などが、波の音に交じって聞こえてきている。

本来であれば、掃除など後片付けが終われば、智紀たちも早々に駐車場へ移動し、社用車で円香の家に帰るはずである。ところが……。

「んっ。レロ、レロ……」

「ピチャ、ピチャ……」

「チロロ……ンロ、ンロ……」

イートインスペースに、三つの吐息混じりの粘着質な音が響く。

「くうっ。それっ……はううっ！」

一物からもたらされる強烈な快感に、智紀は思わずのけ反りながら喘いでいた。

今、智紀の足下にはTシャツとパレオを脱いで水着姿になった香奈子と円香と美穂が跪き、ペニスに舌を這わせていた。

三枚の舌によって作り出される性電気の強さは、想像の遥か上を行く。この心地よさは、何度味わっても慣れることがない。

（くはっ。はぁ、やっぱり今日もまた、こうなっちゃったか……）

快楽に浸りながら、智紀はそんな物思いに耽っていた。

実はここ数日、終業後の海の家で、こうして彼女たちと一戦交えることが続いていたのである。もちろん、帰宅したあとにも行為をしているのだが、どうやら三人はそれだけでは不満があるらしい。

最近の円香たちは、前にも増して積極的かつ情熱的に求めてくるようになった。しかも、海の家では全員が揃ってしてくるのである。

おそらく、彼女たちも別れが近づいていることに寂しさを感じて、智紀のペニスを記憶に深く刻みつけようとしているのだろう。

もっとも、こちらも同じ気持ちを抱いているため、三人のちゅらかーぎー《美人》からの求めを強く拒めずにいるのだが。

とはいえ、こんなことを続けられていると、東京に戻って再び女日照り状態になることに耐えられなくなる気がしてならない。

「レロロ……智紀くん、来年もまた海の家を開くつもりだから、手伝いをお願いするわね？」

中央に陣取った円香が、舌の動きを止めてそんなことを切り出した。

「わたしも内々定を断って、大学を卒業したら正式にねーねーを手伝うつもり。そうしたら、また来年も智紀と働けるさー」

香奈子も、舌をいったん離して、笑みを浮かべながらそう口にする。

動機はどうであれ、どうやら彼女は浦野観光で働くことを決意したらしい。

「ふはっ。もう。二人とも、焼きそばを作れるのがあたしだけ、ってことを忘れてない？　ねぇ、智紀？　あたしのこと、来年までしっかりつなぎ止めてよね？」

と、美穂までが妖しい笑みを浮かべて言った。

確かにこの夏、海の家が成功したのは小柄な爆乳美女が作る特製沖縄焼きそばのおかげ、と言っても過言ではない。彼女を抜きにして、来年も今年と同様の繁盛ぶりを維持できるとは、さすがに考えにくかった。

しかし、三人からこのように言われると、「来年の夏はインターンシップに参加するから沖縄に来られないかも」などと言いづらい。

そんなことを思って、智紀が答えに窮《きゅう》していると、

「まぁ、先のことはともかく、今はこの時間をたっぷり愉しみましょう。レロ、レロ、チロロ……」

「あんっ。ねーねー、ちむはごー《ズルイ》！　香奈子ぉも、智紀にもっとしてあげたいんだからぁ。チロ、チロ……」

「円香ねーねーもかーなーも、すっかりエッチになったわねぇ。ふふっ。やしが《だけど》、あたしも負けないさー。ピチャ、ピチャ……」

と、三人がトリプルフェラを再開した。

そのため、一物から再び鮮烈な性電気が脊髄を伝って、脳天まで突き抜ける。

（ああ……このままじゃ駄目だって、分かっているのに……）

そう思いながらも、智紀はもたらされる心地よさに酔いしれ、湧き上がってくる射精感に身を委《ゆだ》ねるのだった。

（了）

※本作品はフィクションです。作品内に登場する
団体、人物、地域等は実在のものとは関係ありません。

南国《なんごく》ハーレムパラダイス

〈書き下ろし長編官能小説〉

2021年7月12日初版第一刷発行

著者 ……………………………………………河里一伸

カバーデザイン ……………………………小林厚二

発行人 …………………………………………後藤明信

発行所……………………………………株式会社竹書房

〒102-0075　東京都千代田区三番8－1

三番町東急ビル6F

email : info@takeshobo.co.jp

竹書房ホームページ　http://www.takeshobo.co.jp

印刷所…………………………中央精版印刷株式会社

■定価はカバーに表示してあります。

■乱丁・落丁があった場合は、furyo@takeshobo.co.jp までメールにて
お問い合わせください。